Michael, ein erfolgreicher Geschäftsmann, hat während einer Dienstreise die hoch attraktive und vollbusige Charlotte, Doktorin und Projektleiterin, die in der gleichen Firma wie er arbeitet, kennengelernt. Schnell ist klar, dass die beiden zueinander finden werden. Doch dann taucht Jasmin, eine ebenso hoch attraktive Masseurin, in Charlotte's und Michael's Leben auf. Wird Michael Charlotte für sich gewinnen können oder wird Charlotte, die durch diese Begegnung ihre intensiven sexuellen Gefühle für andere Frauen entdeckt, sich mehr zu Jasmin hingezogen fühlen und Michael den Laufpass geben? Ein Wettlauf mir der Zeit entbrennt zwischen den Drei; um Sex, Macht und Leidenschaft.

Der Roman enthält sehr viele explizite erotische Szenen!
FSK: 18 Jahre

Tom Deer

Michael, Charlotte und Jasmin

Erotischer Roman

Kapitelübersicht

Erste Begegnung

Michael war spät dran. Das Meeting hatte länger als erwartet gedauert. Er ging zurück in sein Büro, während das Mobiltelefon läutete. Es war seine Sekretärin, die ihm die Reservierung im Restaurant und die Adresse des Hotels durchgeben wollte, um zu sehen, ob er damit einverstanden war. Das Bella Italia war ideal für diesen Abend und das Hotel gleich um die Ecke hatte noch eine Suite frei. Er sagte zu und die Sekretärin verabschiedete sich mit den Worten: „Das muss ja wirklich eine tolle Frau sein, wenn du dich so in Unkosten stürzt mein Lieber." Michael lachte kurz und war guter Stimmung. Er war Anfang 40, sportlich in seiner Erscheinung, kam aber auch um einen kleinen Bauchansatz, wie es für Männer in seinem Alter üblich ist, nicht mehr herum. Er war groß, blond und hatte blaue Augen. Genau so, wie die Frauen es mochten. Er hatte vom Leben viel gelernt und wusste, das seine Zeit langsam ablief. Er musste bald die Frau fürs Leben kennenlernen, sonst würde er zu alt für gemeinsame Kinder werden. Michael fuhr den Rechner herunter, nahm seine Tasche und schloss das Büro hinter sich ab. Während er zum Wagen im Parkhaus ging, musste er ständig an seine neue Bekanntschaft denken. Charlotte war Doktorin und arbeitete in der Entwicklung der gleichen Firma, jedoch im Ausland. Jetzt war sie für das Wochenende unterwegs in die Stadt, wo sie sich verabredet hatten. Er kannte sie bisher nur aus den Emails, Telefonaten und den Skype-Video-Chats. Was er jedoch bei den abendlichen Video-Chats mit ihr gesehen hatte, ließ in frohen Mutes an das nun bevorstehende Wochenende denken. Sie war Anfang 30 Jahre alt, ca. 1.65 groß, hatte schulterlange, braun-blonde Haare und sie musste feste, große Brüste haben, vermutlich D-Körbchen. Und der String-Tanga, den sie neulich getragen hatte ließ hoffen, dass sie glattrasierte und hervorstehende Schamlippen haben würde. Genauso, wie er es immer auf Bildern mit nackten Frauen, die er gelegentlich im Internet ansah, lieben gelernt hatte. Er bezog sich dabei auf die Tatsache, dass er erkannt zu haben glaubte, das sich ihr Tanga vorne leicht ausgebeult zeigte. Es konnte aber auch sein, dass die Bilddarstellung über Skype, das einfach nicht gut gezeigt hatte. Sie hatten viel über ihrer beiden Vergangenheit gesprochen. Über ihre Scheidung von ihrem Mann, der sie ständig mit anderen Frauen betrogen hatte und ihre Angst, sich wieder in eine Beziehung einzulassen und erneut verletzt zu werden. Aus den Gesprächen entnahm er, dass sie nicht sehr viel Erfahrung mit anderen Männern haben konnte. Er vermutete, dass sie möglicherweise auch Frauen sexuell interessant fand, da sie die Tatsache, dass ihr Mann sie betrogen hatte, zwar als schlimm einstufte, jedoch immer noch Kontakt zu ihm hielt. Auch hatte sie, wann immer er Sex mit anderen Frauen in ihren Gesprächen erwähnte, die er im Laufe der Zeit gevögelt hatte, genau hingehört und sich über deren körperliche Eigenschaften informieren lassen. Ihr war es immer wichtig zu erfahren, wie die Frauen aussahen, wie groß sie waren, ob sie kleine oder große Busen hatten und ob sie auch glatt rasiert gewesen seien. Michael stieg ins Auto. Er würde etwa eine Stunde fahren. Es war ein warmer sommerlicher Abend. Unter seiner Hose trug er nichts. Er hatte seinen Schwanz und seinen Sack am Morgen schön glatt rasiert und spürte nun, wie sein Schwanz bei dem Gedanken, diese gut aussehende Frau noch in dieser Nacht zu lecken und zu ficken ganz hart wurde. So fuhr er vor sich hin als kurz vor dem Bahnhof das Telefon klingelte. Es war Charlotte. Sie frage mit ihrer zuckersüßen Stimme, wo er war und wann er am Bahnhof ankommen würde. Sie sei gerade angekommen und stehe schon draußen. Er konnte sie sehen. Sie trug ein weißes Kleid, eng tailliert und seine Augen fanden sofort den Weg zu ihren sehr großen Brüsten. Er hupte und sie sah ihn heranfahren kommen. Er hielt an. Noch bevor er aussteigen konnte, öffnete sie die hintere Türe, stellte ihren Koffer auf die Rückbank, um dann vorne zu ihm einzusteigen.

Ihr erotischer Duft erfüllte sofort den Innenraum des Wagens. Er lächelte sie an und berührte leicht ihr linkes Bein, während er mit der anderen Hand ihre Haar streichelte und sie zärtlich auf den Mund küsste. Dann fuhr er los. Michael merkte, dass sie nervös war. Immerhin, es war das erste Mal, dass sie sich, seit der letzten Begegnung, wieder persönlich sahen. Sie fing an über die Fahrt im Zug zu sprechen und wie froh sie nun war, hier zu sein. Michael fragte sie, ob sie zuerst ins Hotel sollten, um sich frisch zu machen und dann zum Essen zu gehen. Charlotte begrüßte diesen Umstand sehr. Als sie im Hotel angekommen waren, fragte er sie, ob sie die Suite getrennt oder gemeinsam bewohnen wollten. Sie sagte, dass es für sie okay sei, wenn die Türe in der Mitte offen sei und man sich so gegenseitig besuchen könne. Dabei lächelte sie ihn an. Er verstand was sie meinte und grinste zurück. Der Page brachte die beiden zur Suite. Er öffnete ihnen die Räumlichkeiten und Michael konnte sehen, dass Charlotte wirklich beeindruckt war. Der Page verabschiedete sich, und Michael gab ihm ein passendes Trinkgeld für die Hilfe. Dann wendete er sich Charlotte zu um mit ihr die Suite zu erobern. Sie hatten zwei Badezimmer und zwei Schlafzimmer, ein Wohnzimmer sowie einen großen Vorraum. Vom Balkon aus konnte man über den Hof einen Blick auf die nahegelegenen Berge erhaschen. Es gab jedoch auch den Blick auf die gegenüberliegende Terrasse, die wohl zu der anderen Suite gehörte. Charlotte öffnete das die Balkontür zum Hof und beide traten hinaus. Auf der Terrasse sonnte sich eine gut aussehende Frau. Sie lag nackt auf der Liege und präsentierte ihren schönen Körper. Die Frau hatte rotes langes Haar, kleine Brüste, die spitzig nach oben standen und gab den beiden mit offenen Beinen den Blick auf ihre Vagina, die leicht geöffnet war, frei. Ihre Scham war glatt rasiert und die Lippen schienen feucht zu sein. Charlotte wurde leicht rot, als die Frau begann, ihre Muschi zu streicheln. Beide blieben stehen, um dieses Bild zu betrachten. Michael legte seinen Arm um Charlotte und spürte, wie sehr sie zitterte, so nervös war sie. Sein Schwanz war so hart, dass er durch die Hose durchdrückte und unbedingt an die frische Luft wollte. Charlotte schaute Michael an und sagte, dass sie sich nun definitiv frischmachen müsse und verschwand in die Suite. Er lächelte ihr nach, wohlwissend und verstehend, dass das Treiben auf der Nachbarterrasse sie wohl auch sehr erregt haben musste. Seine Theorie, dass sie auch auf Frauen stand, schien bestätigt.

Michael beobachtete die Frau, die ihre glattrasierte Muschi rieb, intensiver. Er konnte sehen, dass ihr Arschloch ebenfalls leicht geöffnet war und vibrierte. Sein Schwanz wurde immer härter und, bedingt durch den Stoff der Hose, konnte er spüren, wie sich die Vorhaut von alleine nach hinten zog und seine Eichel komplett freigab. Es fühlte sich sehr gut an und erregte ihn noch mehr. Die Frau atmete langsam lauter und Michael kam nun nicht mehr umhin, sich den Reißverschluss seiner Hose zu öffnen und seinem Schwanz den Drang nach frischer Luft zu erfüllen. Irgendetwas musste passiert sein, denn plötzlich richtete sich die Frau in der Liege auf und sie sahen sich beide direkt in die Augen. Sie war fasziniert von dem Anblick, der sich ihr bot. Michael stand angelehnt am Geländer und hielt seinen steifen Schwanz masturbierend in seiner Hand. Die Frau richtete sich weiter auf und rutsche auf der Liege näher heran. Dabei öffnete sie ihre Beine noch weiter. Michael konnte nun noch deutlicher ihre geöffnete Liebesgrotte und ihr geöffnetes Arschloch einsehen. Die Frau streichelte weiter ihren Kitzler und immer wieder steckte sie mit der anderen Hand einige Finger in ihr nasses Loch. Dann fing sie mit einem nassen Finger an, ihr Arschloch zu massieren und schließlich einen Finger darin verschwinden zu lassen. Sie stöhnte dabei laut auf. Michael rieb seinen Schwanz immer fester, während er den Anblick genoss. Seine dicken Eier waren mittlerweile durch den geöffneten Reißverschluss auch ans Tageslicht gekommen, sodass die Frau seine ganze Pracht sehen konnte.

Sie war davon unheimlich erregt und wurde in ihren Bewegungen immer schneller. Gleichzeitig stöhnte sie immer lauter und heftiger. Michael konnte nun nicht mehr an sich halten und fing auch an, laut zu stöhnen. Er konnte aus der Suite das Brausen der Dusche hören, sodass er sicher war, dass Charlotte nichts mitbekommen würde. Sein Schwanz pulsierte immer schneller, er spürte den Orgasmus kommen, stöhnte lauter und spritze seinen Samen gegen die Glasabdeckung des Balkongeländers. Die Frau ihrerseits konnte sich bei dem Anblick von Michaels Explosion nun nicht mehr zurückhalten und kam schliesslich auch heftig und laut zum Orgasmus. Beide schauten sich an und lachten. Dann entschied Michael, dass es Zeit war, nach innen zu gehen. Er winkte zum Abschied zu der Frau hinüber, die zurück winkte. Er ging ins Zimmer und traute seinen Augen kaum. Charlotte hatte die Tür zum Badezimmer offen gelassen und Michael konnte so einen Blick auf den Spiegel werfen, der sie reflektierte, während sie sich nichtsahnend duschte. Er blieb stehen und beobachtete, wie sich Charlotte die Beine nach oben rasierte. Langsam stellte sie ein Bein auf den Rand der Badewanne und gab so ihre vollen, langen und hervorstehenden Schamlippen preis, während sie damit begann diese zu rasieren. Genauso mochte er es. Vollbusig und eine volle weibliche Muschi, die einem erlaubte, die Schamlippen auseinander zu ziehen, während man seinen Schwanz ganz langsam in die vibrierende und feuchte Liebesgrotte stoßen konnte. Michael war sich nicht sicher, ob Charlotte es absichtlich so eingerichtet hatte. Sie hatte jedoch ihr Ziel erreicht. Michael war nun erneut in Fahrt und durcheinander. Er ging in das andere Bad, zog sich aus und duschte sich mit kaltem Wasser ab, um Herr seiner Erregung zu werden. Zwei gut aussehende Frauen hintereinander nackt zu sehen, war schon sehr viel für einen Tag. Er war glücklich, sich am Balkon einen runtergeholt zu haben, denn so war der Druck nun aus den Eiern raus und er konnte den Abend gut überstehen, bis er dann schließlich hoffentlich Charlotte richtig hernehmen würde. Er trocknete sich ab. Er sprühte seinen Schwanz und Hodensack sowie seine Achseln mit Deospray ein, zog sich auf seine nackte Haut eine frische Leinenhose und ein passendes Leinenhemd an. Dann schlüpfte er in seine Schuhe hinein. Charlotte, die mittlerweile aus der Dusche gekommen war, tat das gleiche. Sie cremte ihren frisch rasierten Körper und auch ihre glatt rasierte Muschi ein. Sie spürte, dass sie immer noch ganz erregt war. Sie ging ins Bad zurück und rieb sich mit dem Handtuch ihre Spalte erneut trocken. Ihre großen und hervor-stehenden Schamlippen füllten den angezogenen String-Tanga vollkommen aus. Charlotte war nicht immer glücklich mit diesen großen Schamlippen. Sie betrachtete sich im Spiegel und konnte sehen, wie der Tanga an der Seite deutlich abstand. Einmal hatte sie sich vor dem Spiegel betrachtet und die Lippen nach links und rechts auseinander geklappt. Das Bild war schon sehr erotisch, da es den Blick auf ihr schönes rundes Muschiloch freigab. Hoffentlich mochte Michael große abstehende Schamlippen. Den BH wählte sie sorgfältig aus. Sie wollte nicht zu provokativ wirken. Charlotte war unsicher, wie der Abend laufen sollte. Sie hatte Angst, die Gefühle zuzulassen, da sie instinktiv spürte, dieser Mann könnte ihr zu nahe kommen und sie könnte sich erneut verbrennen. Gleichzeitig musste sie an die Frau auf der Terrasse denken. Sie war ganz feucht von dem Anblick geworden. Fühlte sie sich vielleicht doch zu Frauen hingezogen oder einfach nur erregt, weil sie mit Michael diese Situation erlebte? Sie konnte mit diesem Gedanken nicht umgehen. Dies war so nicht vorgesehen. Lesbisch veranlagt zu sein, war in ihrer Familie als negativ abgestempelt worden. Genauso, wie wenn jemand schwul wäre. Und nun sie, die ältere Tochter, ausgerechnet sie interessierte sich neben Männern auch für Frauen. Schon oft hatte sie daran gedacht wie es wäre, eine andere Frau zu berühren und zu streicheln. Einmal hatte sie nachts einen Traum, in dem sie mit einer anderen Frau nackt am Strand spazieren ging und sich anschließend wild liebten. Sie schreckte mit einem starken Orgasmus auf und war ganz verwirrt gewesen. Charlotte verdrängte den Gedanken und versuchte, sich auf den Abend mit Michael vorzubereiten. Sie wollte gut aussehen und überlegte, was sie wohl mit ihm besprechen könnte. Sie hoffte sehr darauf, dass sich die Chemie zwischen ihnen, die sich im Laufe der letzten Wochen entwickelt hatte, nun auch in der Realität spüren würde. Charlotte war auf der Suche nach einem Mann, mit dem sie eine Familie gründen können würde. Sie wollte es unbedingt, auch wenn sie es nie zugeben würde.

Charlotte hatte mehrere Kleider und Kostüme mitgebracht um flexibel sein zu können. Sie wählte das längere Kleid aus, dass sie sich extra für diesen Anlass gekauft hatte. Es war dunkelblau und der Ausschnitt oben gab nur wenig von ihren großen vollen Brüsten frei. Untenherum war es luftig geschnitten, sodass sie immer wieder kalte Luft zugeführt bekam, um nicht zu feucht zu sein. Sie kannte dieses Gefühl nur zu gut. Charlotte sah, dass Michael noch damit beschäftigt war sich die Schuhe zu binden. Sie ging zur Balkontüre, als wollte sie diese schließen. In Wirklichkeit jedoch wollte sie nachsehen, ob die Frau noch dort war und ihre Gefühle weiter ergründen. Zu ihrer Überraschung war die Frau weg. Die Suite gegenüber schien nicht bewohnt zu sein. Es brannte kein Licht und es wurde bereits dunkel. Charlotte drehte sich um und konnte sehen, wie Michael sich das Hemd in die offene Hose schob. Sie erkannte, dass er wohl keine Unterwäsche trug, war sich damit aber nicht sicher. Sie folgte mit Ihren Augen seinen Schritten zum Koffer und sah nun eindeutig, wie sein Schwanz in der Hose hin und her baumelte. Sie war neugierig darauf, wie es wohl sein würde, seinen Schwanz in ihrer Hand zu halten. Sie spürte, wie nervös und erregt sie von diesem Gedanken wurde und verdrängte diesen sofort, um zu vermeiden, dass ihr Höschen schon jetzt feucht wurde. Sie verließen die Suite und gingen zu dem italienischen Restaurant, wo Michael den

Tisch hatte reservieren lassen. Sie war überrascht, wie gut Michael roch und gleichzeitig enttäuscht, dass er nicht ihre Hand nahm, um mit ihr dorthin zu spazieren. Tat er es mit Absicht? Charlotte war durcheinander. Sie hatte so gehofft, nun endlich nicht mehr alleine durch die Straßen laufen zu müssen und nun das. Charlotte traute sich jedoch auch nicht seine Hand zu nehmen.

Michael hatte lange überlegt ob er die Hand von Charlotte auf dem Weg zum Restaurant nehmen sollte. Er entschied sich, es nicht zu tun, um die Spannung die zwischen ihnen herrschte weiter hoch zu treiben, um später ein leichteres Spiel zu haben. Er war wie immer durchtrieben und genoss es, die Enttäuschung in Charlotte´s Blick zu sehen. Na warte, dachte er. Später wirst du abgehen wie eine Rakete.

Während des Essens unterhielten sie sich über alles Mögliche. Michael sorgte dafür, dass Charlotte immer genug Wein zu trinken bekam. Er wollte sichergehen, dass sie sich wohl fühlte und langsam aber sicher entspannte. Sie verschwand zwei Male zur Toilette. Ihm war klar, wie aufgeregt sie sein musste, auch wenn sie es nicht zugab. Nach dem Essen entschied er, noch durch die Stadt zu spazieren. Dieses Mal würde er ihre Hand nehmen, um die Reaktion zu sehen, wie offen sie für eine heiße Nacht war. Während des Abendessens hatte er bewusst dafür gesorgt, dass Charlotte ihm sagte, dass sie nicht so leicht rumzukriegen sei. Er wollte es so haben, weil er wusste, dass es um so erotischer sein würde, wenn es dann doch passierte.

Michael bezahlte diskret, während Charlotte nochmals zur Toilette gegangen war. Sie kam zurück und er stand auf und half ihr in die Jacke. Charlotte dankte für das Essen und bestand darauf, das morgige Mittagessen zu begleichen. Damit punktete sie bei Michael. Er machte diesen Test immer. Er wollte so herausfinden, ob die Frau an ihm oder nur an seinen finanziellen Möglichkeiten Interesse zeigte. Ein Punkt für dich Baby, dachte er. Nachdem sie aus dem Restaurant herausgetreten waren, frage er Charlotte, ob sie noch ein paar Schritte gehen könnten. Charlotte die sich schon ein wenig müde gab, stimmte zu. Nachdem sie einige Meter gegangen waren, nahm Michael ihre Hand. Er spürte, wie erleichtert Charlotte war und wie sehr ihr Körper von dieser Berührung zitterte. Sie gingen eine Weile durch die Innenstadt in Richtung Oper. Vor dem Gebäude war ein großer Platz, der immer sehr belebt war und auf dem es einige Kneipen und Bars gab. Er schlug vor, noch einen Drink zu nehmen bevor, sie ins Hotel zurückkehren würden. Charlotte willigte ein. Sie war überglücklich. Ihr war aufgefallen, dass andere Frauen sie neidisch angesehen hatten. Es war dieser Blick, der sagte, was hat sie, nur was ich nicht habe um so einen Mann abzubekommen.

Auf dem Rückweg ins Hotel wählte Michael einen anderen Weg. Parallel hinter der Oper verlief eine Straße, ebenfalls in Richtung Hotel. Hier war das Rotlicht-Viertel der Stadt. Michael wählte diesen Weg absichtlich, um die Reaktion von Charlotte zu erleben und gleichzeitig, um sie ein bisschen wild auf die bevorstehende Nacht im Hotel zu machen. Er hoffte, dass dieser Trick funktionieren und dass sich eine Situation ergeben würde, die erotisch genug war, um Charlotte in Stimmung zu bringen. Auch wollte er sehen, wie offen sie für Sexualität war. Der super Hammer wäre, es wenn sich herausstellen würde, dass sie verklemmt im Bett wäre. Dies wäre dann von seiner Seite der sichere Punkt, die Beziehung relativ schnell enden zu lassen. Während sie die Straße entlanggingen, beobachtete er Charlotte sehr genau. Sie schaute in die großen Fenster hinein, in denen die Nutten sich für ihre Freier präsentierten. Er ging bewusst langsam. Um diese Uhrzeit zeigten die Frauen einfach alles, was sie zu bieten hatten. Sie kamen an einem Fenster vorbei, in der eine große schlanke Blonde mit besonders üppigen Doppel-E-Brüsten saß. Sie trug eine Bluse, die geöffnet war und ihre massiven Teile wurden nur teilweise von der Bluse verdeckt. Ihre Brustwarzen waren fest, groß und rund. Als sie Charlotte und Michael kommen sah, öffnete sie ihre Beine und nahm ihren Rock so weit hoch, dass man ihre glattrasierte Möse sehen konnte. Ihre großen, festen Schamlippen, die sicher einen Zentimeter abstanden, waren leicht feucht. Michael verglich die Größe der Schamlippen mit denen von Charlotte, die er in der Dusche gehen hatte. Er war stolz, dass Charlotte´s Schamlippen deutlich größer und hervorstehender waren als die der Nutte hier. Es erregte ihn massiv, später diese Lippen zu lecken und mit seinem Mund zu bearbeiten. Michael blieb stehen und drehte Charlotte genau vor der Blondine zum Fenster. Charlotte wollte weg sehen, doch Michael drehte ihren Kopf wieder zu der Blondine hin. Er stellte sich hinter sie und hielt sie fest in seinen Armen. Charlotte atmete stärker und Michael bemerkte, wie sich ihre Brustwarzen verhärteten und sich deutlich unter ihrem Kleid abzeichneten.

Charlotte war überrascht darüber, was Michael mit ihr machte. Sie war auf so etwas nicht vorbereitetet gewesen. Sie spürte, dass sie schlagartig richtig feucht zwischen den Beinen wurde. Sie blickte auf die massiven, großen Brüste und auf die Frau, die einfach so ihre schöne, volle Vagina präsentierte. Sie war erregt und sie wusste, dass Michael insgeheim, egal was sie sagen würde, ihre Leidenschaft für andere Frauen entdeckt haben musste. Das Gefühl, dass Michael sie dazu genötigt hatte, die Frau anzusehen, indem er ihren Kopf wieder in Richtung Schaufenster gedreht hatte, verwirrte sie einerseits, andererseits machte es sie total scharf, endlich einen Mann gefunden zu haben, der ihr auch mal zeigte, wo es langgeht. Sie gingen weiter. Charlotte beobachtete Männer, die vor den Fenstern standen. Der eine oder andere ging dann über die Stufen zu der jeweiligen Frau hinein. Sie wollte heute nacht auch gefickt werden. Sie war bereit, den festen und prallen Schwanz, der bei Michael in der Hose baumelte, in ihr zu spüren. Es war schon eine Weile her, dass sie ein Mann gefickt hatte. Sie spürte erneut, wie der Gedanke, eine andere Frau nackt gesehen zu haben, sich in ihre Erregung schob. Gleichzeitig erregte es sie noch mehr, dass sie es mit Michael erlebt hatte. Er schien wohl Frauen, die volle Brüste haben zu präferieren. Bei den anderen Fenstern, an denen Frauen mit kleinen Brüsten zu sehen waren, hatte er sie immer geschickt weitergeführt. Zwischenzeitlich waren sie am Hotel angekommen. Vor dem Hotel stand ein Pärchen, das sich wild küsste. Sie gingen hinein um mit dem Aufzug nach oben zu fahren. Kaum hatte sich die Aufzugtüre geschlossen, nahm Michael Charlotte fest in seine Arme und sie begannen, sich wild und leidenschaftlich zu küssen. Charlotte spürte seinen harten und deutlich abstehenden Schwanz an ihrem Körper. Die Aufzugtüre öffnete sich und sie gingen eng umschlungen zur Suite. Charlotte bat darum, sich kurz frischmachen zu dürfen und verschwand im Bad. Sie war hin und hergerissen. Sie hatte doch im Restaurant gesagt, dass sie ein ehrenhaftes Mädchen sei und nicht sofort mit jedem, den sie kennenlernte, ins Bett sprang. Andererseits war sie nun so geil, dass sie unbedingt von Michael auf der Stelle gefickt werden wollte. Sie redete sich ein, dass Michael kein Fremder mehr war und sie sich ja schon mehrere Wochen kannten. So konnte sie ihr schlechtes Gewissen beruhigen. Sie zog sich nackt aus und duschte sich kurz ab. Das warme Wasser auf ihrer glatt rasierten Muschi machte sie noch entspannter als sie schon war und das war gut so. Während Charlotte im Bad verschwunden war, stellte Michael ein paar mitgebrachte Tee-Lichter auf und zündete diese an. Er wollte Charlotte unbedingt beeindrucken und zeigen, dass er auch eine romantische Seite habe. Anschließend öffnete Michael eine Flasche Sekt und füllte zwei Gläser, zog die Balkontür auf und stellte die Gläser auf das kleine Tischchen. Er setze sich auf einen der Stühle, genoß die warme Sommerluft und schaute, ob eines der gegenüber liegenden Fenster der anderen Zimmer beleuchtet war. Er war zufrieden zu sehen, dass es mittlerweile morgens um ein Uhr niemanden mehr gab, der noch wach war. Die Suite gegenüber war ebenfalls nicht erleuchtet und bei allen Fenstern waren die Vorhänge aufgezogen, so wie dies für ein nicht benutztes Hotelzimmer üblich war. Wer war die Frau gewesen, die sich hier heute Nachmittag gesonnt und vor Michael masturbiert hatte? Offensichtlich wohnte sie nicht in der Suite.

Charlotte stieg aus der Dusche, trocknete sich ab, zog sich einen frischen String-Tanga an und wählte dazu einen passenden BH. Beide Teile waren aus transparentem Stoff, sodaß es mehr eine Zierde war als ein wirklicher Stoff, den man tagsüber tragen würde. Darüber zog sie eine lange weiße Bluse, die sie vorne nur an einigen Stellen zugeknöpft hatte. Charlotte wollte sichergehen, dass der rote BH und String-Tanga gut darunter zur Geltung kommen. Sie folgte den Teelichtern zum Balkon und fand dort Michael, mit dem Rücken zu ihr sitzend. Sie beugte sich nach vorne, damit er ihre festen Brüste an seinem Kopf spüren konnte, während sie ihm die Arme um den Körper schlang. Michael drehte sich um und landete prompt mit seinem Gesicht zwischen ihren großen Brüsten. Er stand auf und sie küssten sich erneut wild. Sie spürte, wie ihre Muschi pulsierte. Dann ließ er von ihr ab und reichte ihr ein Glas Sekt. Sie stießen auf den schönen Abend und ihr erstes reales Treffen an. Michael nahm beide Gläser und stellte dies auf den Tisch. Dann drehte er Charlotte mit dem Rücken zu sich um und bewegte sie vor sich zum Balkongeländer hin, um ihr den Sternenhimmel zu zeigen. Während er sprach, begann er, Charlotte, die nun unmittelbar vor im stand an das Geländer zu drücken und langsam an den Schultern zu massieren. Behutsam wanderten seine Hände nach vorne, um ihre Brüste zu massieren. Charlotte bemerkte, wie sie der BH nun störte und war dankbar, als Michael vorschlug, diesen auszuziehen. Er öffnete ihr durch die Bluse den Klipp am Rücken. Charlotte entledigte sich des Busenhalters und spürte nun, wie ihre schweren, massiven und großen Brüste locker vor ihrem Bauch baumelten und den seidigen Stoff der Bluse berührten. Ihre Brustwarzen wurden davon noch härter. Michael massierte ihren Rücken weiter nach unten und näherte sich langsam ihrem String-Tanga. Sie wurde nervös. Was würde passieren? Würde er mit seiner Hand ihre Beine massieren und dabei ihre massive Muschi entdecken? Michael war nun bei ihren festen kleinen Arschbacken angelangt. Mit seinen Fingernägeln kratzte er leicht beide Pobacken entlang. Ein kaltwarmer Schauer durchlief Charlotte´s Körper. Sie spürte, wie er ihr den Tanga langsam auszog. Ihr Herz klopfte stark und sie war so extrem erregt, dass ihr bereits leicht der Saft aus ihrer Scheide am Oberschenkel herablief. Sie wischte mit ihrer Hand unbemerkt die süße Flüssigkeit weg. Seine Hände glitten nun an ihrer Poritze entlang nach unten. Sie spürte, wie seine Finger ihren analen Ausgang ertasteten. Sie zitterte dabei am ganzen Körper. Dieser Mann machte sie wirklich verrückt. Sie war wie benommen und spürte plötzlich seine festen Hände an ihren Schultern. Michael drehte sie zu sich um. Auf ihrem Bauch drückte sich fest sein Schwanz an sie. Michael streichelte ihr Gesicht und sie schauten sich tief in die Augen. Sein Kopf senkte sich zu ihrem Mund herunter. Instinktiv öffnete sie ihren Mund, damit seine Zunge eindringen konnte und sie küssten sich leidenschaftlich. Mit ihrer Hand suchte sie nach seinem Schwanz und fing an, diesen von außen auf der Hose zu streicheln. Sie wollte wissen, wie groß er war und war mehr als zufrieden festzustellen, dass er groß und prall aber nicht zu groß für sie war. Sie hatte einmal eine kurze sexuelle Bekanntschaft gehabt, bei der der Mann einen sehr langen und dicken Schwanz hatte. Das erste Mal hatte sie dies sehr genossen, da es neu und sehr erregend gewesen war. Nur die kommenden Male bereitete ihr das Eindringen dieses Monsters Schmerzen und sie konnte den Sex auch nicht wirklich genießen. Sie beendete diese Bekanntschaft seinerzeit deshalb ziemlich schnell. Dazu kam, dass sie vermutete, hier ebenfalls nicht die einzige zu sein, die er bumste. Einmal hatten sie sich getroffen und er hatte nach einer anderen Frau gerochen. Zunächst hatte sie das sehr angetörnt diesen weiblichen

Geruch einzuatmen, doch dann wurde ihr schlagartig klar, dass sie es erneut mit einem Mann zu tun hatte, dem sie offensichtlich nicht genug war. Sie war sehr enttäuscht gewesen und unsicher, ob sie jemals für einen Mann, so wie sie war, ausreichend sein würde. Sie verglich sich oft mit anderen Frauen und war trotzdem unsicher, gleichwohl sie wusste, dass sie einen super Körper hatte. Andererseits machte sie ihre große Muschi oft zum Thema, weil sie glaubte, dass man diese durch die Hose sehen könnte. Oft kaufte sie ein Kleidungsstück, das ihr gefiel, nicht, um diesem Thema aus dem Weg zu gehen. Andererseits war sie scharf darauf, ihre Möse auch versteckt in der Öffentlichkeit zu zeigen. Irgendwann würde sie es einmal ausprobieren. Michael fing unterdessen an, die Knöpfe ihrer Bluse zu öffnen. Als er fertig war, öffnete er die Bluse ganz und betrachtete gebannt ihren kleinen zierlichen Körper mit den riesengroßen Brüsten. Sie gab sich seinen Blicken ganz hin. Er fing an, ihre Brustwarzen zu lecken. Sie stöhnte leicht auf. Er wollte ihr die Bluse ausziehen, doch sie war zu schüchtern dazu, zumal es auch auf dem Balkon war. Sie war jedoch einverstanden, dass er die Bluse von ihren Schultern nach hinten schob. So stand sie nun fast nackt auf dem Balkon, mit freien Schultern und geöffneter Bluse, ihm ihren ganzen Körper preisgebend. Der Kitzel, nackt so auch von jemandem anderen, der sie gerade vielleicht heimlich beobachtete, gesehen werden zu können, sorgte dafür, dass sie noch erregter wurde. Michael drückte sie nach unten auf den Stuhl. Mit seinen Beinen stellte er sich zwischen sie und spreizte gleichzeitig damit ihre Beine auseinander. Jetzt würde er gleich ihre glattrasierte Möse und die großen vollen Schamlippen sehen können. Was würde nun passieren? Er reichte ihr das Glas Sekt und ging einen Schritt zurück. Er prostete ihr zu, während sie breitbeinig auf dem Stuhl vor ihm posierte. Sie spürte regelrecht, wie er mit seinen Blicken ihren Körper erforschte. Sie versuchte, ihre Möse mit einer Hand zu verdecken, doch er nahm ihr die Hand weg und sagte, dass er auf ihre Möse voll abfahren würde und es liebte, wenn eine Frau so weiblich sei.

Sie spürte Erleichterung und gleichzeitig noch stärkere Geilheit in sich aufsteigen. So war sie noch nie in einer Pose vor einem Mann nackt gewesen, noch hatte sie erlaubt, dass ein Mann sie so ansehen durfte. Er eröffnete ihr sexuelle Möglichkeiten, von denen sie im Verborgenen schon immer geträumt hatte. Sie war sehr zeigefreudig, doch fehlte ihr der Kanal dies auszuleben. Vielleicht würde sie mit Michael hier mehr Erfahrung sammeln können. Er öffnete seine Hose vor ihr. Sein Schwanz sprang aus der Hose heraus und sie konnte sehen, dass er komplett glatt rasiert war und wie sie auch vermutet hatte, den ganzen Abend keine Unterwäsche getragen hatte. Sie war froh über diesen Zustand. Sie mochte es sehr, wenn ein Mann unten rasiert war. Er gab ihr ein Gefühl der Hygiene, die sie selbst so sehr schätze. Er entledigte sich seiner Hose und trank sein Glas leer. Nachdem er das Glas auf den Tisch gestellt hatte, kniete er vor sie hin. Er begann ihre Oberschenkel zu küssen und arbeitete sich langsam zu ihrer Möse vor. Ihr Kitzler pulsierte. Gleich würde er mit seinem Mund diesen berühren. Und dann war es endlich so weit. Er leckte mit seiner Zunge intensiv und zärtlich ihren Kitzler ab. Er fing an, diesen zu saugen. Sie stöhnte laut auf. Er öffnete mit seinen Fingern ihre Schamlippen und fing an, ihr kleines Loch mit seiner Zunge zu erkunden. Sie spürte wie, seine Zunge langsam in sie eindrang. Sie stöhnte erneut auf. Dann nahm er mit seinem Mund ihre ganze Möse mit den Schamlippen auf und sauge sich fest. Sie spürte wie sie dem Höhepunkt immer näher kam und fing an, ihre Möse in sein Gesicht zu drücken. Gleichzeitig schob er mit seinen Zähnen die Vorhaut ihrer Klitoris nach hinten und konnte so ihren Kitzler fest bearbeiten. Sie stöhnte immer heftiger. Der Gedanke, genauso wie die Frau am Nachmittag auf dem Balkon gesehen zu werden, machte sie fast wahnsinnig vor Lust. Michael merkte, dass sie schon seit Minuten kurz davor war zu kommen, dies jedoch aus irgend einem Grund nicht klappen wollte. Er ließ von ihr ab und küsste sich langsam über ihre vollen Brüste nach oben zu ihrem Mund. Sie war ganz außer Atem. Es turnte sie voll an, den eigenen Saft ihrer Möse von seinem Mund abzuküssen. Michael gingen viele Gedanken durch den Kopf. Er hatte sie fest im Griff. Sie war genau da, wo er sie haben wollte und sein Plan, für sie einen unvergesslichen Fick zu gestalten, ging auf. Er nahm ihr das Sektglas aus der Hand und zog sie nach oben. Sie stand wackelig auf ihren High-Heels, während er ihr die Bluse nun ganz vom Körper streifte. Sie hatte nun nichts mehr dagegen. Er lehnte sie an das Balkongeländer und wies sie an, sein Hemd auszuziehen. Sie folgte und begann das Hemd zu öffnen und seinen Oberkörper zu küssen. Er hob sie auf das Geländer und ihre Arschbacken fühlten den kalten Geländerrand unter sich. Er befahl ihr, seinen Schwanz in ihr Loch zu schieben. Sie war ängstlich runterzufallen, doch er forderte sie auf, seinen Anweisungen zu folgen. Langsam führte sie seinen Schwanz ein und sein harter Stab erkundete ihre pulsierende Möse. Charlotte klammerte sich fest an ihn heran. Sie fühlte sich geborgen durch diese dominante Männlichkeit. Michael hob sie hoch und sie stöhnte auf, als sein Schwanz nun noch tiefer in sie eindrang. Mit seinen Händen ihre beiden Arschbacken haltend, drehte er sich um und ging so mit ihr in die Suite. Bei jedem Schritt spürte sie einen Stoß in ihr nasses Loch während ihr Kitzler sich an den fein rasierten Haaren auf seinem Bauch rieb. Charlotte war so erregt, dass er spüren konnte, wie ihr Saft an seinem Penis nach unten lief und auf den Boden tropfte. Er setzte sich auf das Bett und schob sich mit ihr weiter zum Bettmittelpunkt. Sie fing an auf ihm zu reiten, während er so liegend, ihre großen Brüste mit seinen Händen massierte und an ihrer Brustwarzen zog. Charlotte stöhnte immer heftiger und nun war es soweit. Sie hatte wirklich darauf gewartet nicht nur geleckt, sondern von seinem Schwanz zum Höhepunkt gefickt zu werden. Ihre Möse vibrierte immer heftiger und sorgte dafür, dass sein Schwanz dadurch ebenso immer mehr anschwoll und größer wurde. Diese Kettenreaktion löste bei beiden einen heftigen Orgasmus aus. Michaels Sperma schoss aus seinem Schwanz, während er laut stöhnend zum Orgasmus kam. Sie war total entrückt von dieser Tatsache, den festen prallen Schwanz in ihr stecken zu haben und dabei ihren Kitzler, von den glatt rasierten Haaren auf seinem Bauch, gerieben zu bekommen. Sie spürte sein Sperma in sie hinein spritzen. Charlotte kam so heftig, wie schon lange nicht mehr. Die Scheiden-flüssigkeit floss nur so aus ihr heraus und vermischte sich mit dem Sperma von Michael. Sie stöhnte so laut, dass sie selbst überrascht war. Ihr Körper zitterte heftig, als sie sich auf Michael niederlegte.Sein Schwanz wurde kleiner und glitt aus ihrer Muschi. Sie war überglücklich wie alles gelaufen war. Charlotte war sich sicher, dass dieser Mann gut für sie war. Ob es zu mehr reichen würde, konnte sie nicht sagen. Sie hatte auch Angst davor, sich weiter fallen zu lassen und beschloss abzuwarten. Er streichelte ihre Haare und ihre feine sanfte Haut am ganzen Körper. Sie wollte ihn unbedingt küssen und drehte ihren Kopf zu ihm. Sie schauten sich in die Augen und lächelten sich an. Charlotte sagte ihm, das, sie glücklich sei. Er küsste sie auf den Mund und drehte sie zur Seite, damit sie neben ihm liegen konnte, während er ihren Körper ansah. Er war fasziniert von ihrem kleinen zierlichen Körper mit den übergroßen Brüsten und den vollen Schamlippen. Sein Leben lang hatte er von so einer Frau geträumt und nun lag sie vor ihm da. Der ganze Abend, die Möglichkeiten, mit ihr erotische Fantasien auszuleben, wie vor dem Fenster der Nutte aber auch der Sex auf dem Balkon machten ihm klar, dass er mit dieser Frau noch viele sexuelle Erlebnisse haben konnte. Sicherlich war sie noch bei dem ein oder anderen Thema unerfahren. Wer nicht, auch er hatte noch nicht alles erlebt. Aber er hoffte, in ihr eine Gespielin für allerlei Themen gefunden zu haben. Er zog sie wieder an sich heran und spürte ihre Hand auf seinem Schwanz.

Ihre Körper berührten sind. Michael umschlang Charlotte fest mit seinen Armen. Sie schmiegte sich an ihn und genoss extrem diese neu gefundene Geborgenheit, während sie beide so liegend einschliefen.

Wellness pur

Charlotte wachte am nächsten Morgen voller positiver Gefühle auf und bemerkte, dass sie immer noch in den Armen von Michael lag. Sie genoss dieses starke und gute Gefühl sehr. Wie oft war sie in den letzten 2 Jahren alleine im Bett gelegen und hatte vor dem schlafengehen masturbiert, um dann am nächsten Morgen ebenso einsam wieder aufzuwachen. Ihre sexuellen Eskapaden, im Internet vor anderen Männern zu masturbieren und den Männern beim Masturbieren vor der Kamera zuzusehen, waren auch nicht so das Wahre gewesen. Der Gedanke, dass die Männer heimlich von ihren sexuellen Treffen auf Skype Aufnahmen gemacht hatten, waren zwar für sie ein Trost, doch hoffte sie inständig, dass nie etwas davon ins Internet gelangen würde. Sie war Projektleiterin im Unternehmen und konnte sich eine derartige Situation nicht leisten. Damit wäre dann ihre Karriere beendet. Manches Mal bereute sie, dass sie sich nach einigen Gläsern Wein von den Männern überreden hatte lassen, sich vor dem Computer auszuziehen und ihren nackten Körper zu zeigen. Andererseits hatte es ihr eine indirekte Befriedigung gegeben und sie war dann, noch immer feucht zwischen ihren Schamlippen, eingeschlafen. Im Laufe der Zeit hatte sie sich von einer Vielzahl dieser männlichen Bekanntschaften getrennt. Sie hatte einfach selektiert - nach Sympathie, Zuneigung und der Größe des Schwanzes der Männer. Übrig geblieben war nach einer gewissen Zeit nur noch Peter, mit dem sie sich regelmäßig auf Skype zum Online-Sex traf. Die anderen Kontakte versuchten zwar hin und wieder sie zu erreichen, aber sie hatte gelernt, wie man auf Skype die Kontakte blockieren konnte, die man nicht mehr haben wollte. Sie war es leid geworden, zum Lust-Objekt für diese Männer zu werden, wohlwissend dass diese auch noch andere Frauen so kontaktierten. Peter, so schien es, war verheiratet und suchte mit ihr einen Ausgleich zum Sex mit seiner Frau. Nun aber lag sie hier in den Armen von Michael. Sie wollte nur noch ihm gehören. Sie war nicht sicher, wie sie die Angelegenheit mit Peter beenden würde, oder ob sie sie beenden sollte. Sie verschob ihre Entscheidung auf später. Sie wusste, dass sie nicht bereit war, wenn es mit Michael nicht klappen würde diesen Sex-Kontakt zu Peter aufzugeben. Besser den Spatz in der Hand als die Taube auf dem Dach. Sie drehte ihren Kopf zu Michael und spürte seinen festen Atmen während er schlief. Mit Ihrer Hand nach sie nach seinem Schwanz und begann, diesen langsam zu streicheln. Ihre Finger spielten an seinen Eiern, bis der Schwanz munter und damit steif wurde. Michael wurde allmählich wach, als Charlotte ihren Mund sanft um seinen Schwanz schloss und begann mit ihrer Zunge seine Vorhaut zurückzudrängen. Sie leckte seine Eichel genüsslich ab, um dann mit ihren Fingern seinen Schwanz zu halten, während ihre Zunge den Schaft entlang nach unten zu seinen Eiern glitt. Charlotte saugte mit ihrem Mund seinen ganzen glatt rasierten Hodensack auf und bearbeitete mit ihrer Zunge seine Eier. Er stöhnte auf und genoss es richtig. Sie saugte und leckte weiter bis sein Penis so hart war, dass er schon zuckend um sich schlug. Dann setzte sie sich auf und warf ihr Bein über seinen Körper, um sich den Schwanz in ihre nasse Möse zu stecken. Charlotte spürte den warmen Pfeil in sie eindringen, während sie sich langsam auf ihn setzte. Michael beobachtete sie, wie sie es sich mit seinem Schwanz nun selbst besorgte, so, als ob sie mit einem Dildo spielen würde. Sie ritt ihn immer schneller, bis sie schließlich innerhalb kürzester Zeit heftig auf ihm zum Orgasmus kam. Er genoss diese morgendliche Vorstellung sehr. Was für einen Start in den Tag dachte er. Sie legte sich erschöpft neben ihn und betrachtete seinen harten Schwanz. Dann fing sie an, den Schwanz zu masturbieren, bis schließlich Michael seinen Saft raus spritzte. Charlotte genoss es, sein warmes Sperma über ihre Hand abfließen zu fühlen. Sie lachten sich beide an und Charlotte stand auf um ins Bad zu gehen. Michael pfiff ihr hinterher. Er konnte gar nicht genug davon bekommen ihren zierlichen Körper, der mit dem knackigen Arsch wackelnd in Richtung Badezimmer ging, nachzusehen.

Er stand ebenfalls auf und ging in das andere Bad, um sich zu rasieren und zu duschen. Nach 30 Minuten war er fertig, angezogen und bereit für ein gutes Frühstück, damit sie beide wieder zu Kräften kommen würden. Er ging zu ihr in den anderen Teil der Suite und setzte sich in den Stuhl vor dem Badezimmer. Charlotte kam mit einem Handtuch um ihren Körper gewickelt, heraus. Sie ließ das Handtuch fallen und er beobachtete sie, wie sie sich am ganzen Körper eincremte und danach einen nahezu transparenten Slip anzog. Man konnte ohne Probleme ihre weibliche Pracht zwischen den Beinen erkennen. Für oben hatte sie einen Push-Up BH gewählt, der Ihre Brüste nun noch größer erscheinen ließen. Und dann, sehr zu seiner Verwunderung, zog sie ein sehr konservatives Kleid an. Aber egal... er wusste ja nun, was sie darunter trug. Er stand auf und ging ohne Worte zurück in das andere Schlafzimmer, um seinen Geldbeutel und eine Jacke zu holen. Charlotte kam ihm bereits entgegen. Er bat sie ebenfalls eine Jacke und ihre Tasche mitzunehmen, da er nach dem Frühstück mit ihr ein bisschen bummeln gehen wollte.

Das Hotel hatte einen sehr schönen lichtdurchfluteten Frühstücksraum und von dem, was Michael auf den ersten Blick sah, ein ebenso gutes, großes aber doch gut ausgewähltes Frühstücksbüffet. Während des Essens unterhielten sie sich intensiv über die bevorstehende Zeit und wie sie es hinbekommen könnten, sich regelmäßig zu treffen. Überrascht stellte Charlotte fest, dass dieser Mann offenbar wirklich ernsthafte Gefühle für sie hegte. Sie war nicht sicher, ob es tatsächlich so war, aber es war ein guter Anfang nach dieser langen einsamen Zeit. Nachdem Sie sich ausgiebig gestärkt hatten, verließen sie das Hotel. Heute war das Wetter nicht so gut. Es sah so aus, als wenn es bald auch regnen würde. Trotzdem entschlossen sie sich für einen Spaziergang durch die Innenstadt. Sie kamen an einer Vielzahl von Souvenirgeschäften, die allerlei Krimskrams anboten, vorbei. In einem der Geschäfte wurde ein kleiner See im Park angepriesen, auf dem man ein Ruderboot mieten konnte. Sie entschlossen sich, zu dem See zu spazieren und dieses romantische Angebot auszuprobieren. Verblüffenderweise lag der kleine Park nur fünf Minuten vom Hotel entfernt. Michael war überrascht, dass im Hotel niemand auf diese Tatsache hingewiesen hatte.

Der kleine See entpuppte sich als ein doch relativ großer See mit bestimmt 300 Meter Durchmesser. Sie gingen zum Bootssteg und Michael mietete für eine Stunde ein Ruderboot. Er half Charlotte ins Boot, stieß das Boot vom Steg ab und begann zu rudern. Charlotte genoss es sehr, von Michael so über den See gefahren zu werden. Sie wusste nicht was es war, aber dieser Mann war gepflegt, hatte gute Manieren, war ein Gentleman und zudem noch ein super Erfolg im Bett. Ihre Gedanken flogen nur so dahin. Sie hatte sich verliebt. Sie konnte es gar nicht glauben. Sie wollte dies eigentlich gar nicht mehr. Sie war nach der Trennung von ihrem Ex-Mann der Überzeugung gewesen, dass sie sich nie mehr wieder verlieben würde und auch nicht verlieben wollte. Nun aber kam alles ganz anders. Vielleicht war es gut so. Vielleicht sollte sie sich und der Liebe nochmals eine Chance geben. Doch es würde schwierig sein nach der großen Verletzung ihres Selbstvertrauens wieder den Mut zu fassen, sich fallen zu lassen und einem Mann zu vertrauen. Michael entschied, nachdem sie fast den ganzen See überquert hatten, das Boot umzudrehen und einfach so dahintreiben zu lassen. Obwohl sie eine dünne Jacke dabei hatten, war das Wetter verblüffend kühl. Beide saßen da und genossen die Ruhe. Offenbar konnten sie zusammen auch einmal schweigen und nichts sagen. Plötzlich und sehr schnell jedoch kam ein Wind auf. Charlotte dachte noch, dass es jetzt nicht anfangen würde zu regnen. Doch da begann es schon zu tröpfeln. Sie schauten sich verblüfft an. Sie waren so in sich ruhend und die gemeinsame Zeit genießend gewesen, dass sie das Grollen und die dunklen Wolken wohl komplett ignoriert hatten. Der Mann am Bootssteg winkte ihnen, dass sie zurückkommen sollten, während es nun schon stärker regnete. Michael begann das Boot, so gut er konnte, in Richtung Bootssteg zu steuern und gleichzeitig so schnell es ging zu rudern. Doch es war zu spät. Es schüttete bereits in Strömen und es war nun nur noch eine Frage von ein paar Minuten, bis sie komplett bis auf die Haut nass sein würden. Die Situation war einfach zu komisch und sie lachten gemeinsam darüber. Als sie am Bootssteg angekommen waren, war der Mann bereits verschwunden. Michael bat Charlotte, das Boot hinten fest zu halten, während er es vorne heranzog und festband. Dann nahm er sie in den Arm und küsste sie fest und innig. So stehend fühlten sie, wie der Regen auf sie herab prasselte. Sie entschieden, dass es besser war, zum Hotel zu gehen und sich nicht irgendwo unterzustellen, bis der Regen vorbei sein würde. Es war kalt und es war wichtig, so schnell wie möglich, aus dem nassen Klamotten zu kommen. Im Hotel angekommen, empfahl der Concierge sich direkt in den Wellnessbereich zu begeben und dort eine warme Sauna zum Aufwärmen zu nutzen. Sie schauten sich an und entschieden sich spontan dafür. Charlotte war nervös. Sie hatte keine Badesachen dabei. Michael erklärte ihr, dass es in Deutschland nicht üblich war, in der Sauna einen Bikini zu tragen. Sie erreichten den Wellnessbereich, der auf der selben Etage wie die Rezeption war. Trotz des schlechten Wetters schien außer der Angestellten, die den Wellnessbereich betreute, niemand da zu sein. Sie bekamen beide einen Bademantel und Badelatschen sowie zwei Handtücher. Währenddessen sprach Michael die Frau an, um zu erfahren, ob noch andere Gäste da seien würden. Die Frau verneinte und wies darauf hin, dass wenn sie beide aus der Sauna aufgewärmt kommen würden, sie vielleicht eine gute Massage bekommen sollten. Charlotte schaute Michael an und nickte ihm zu. Die Frau trug die beiden in das Massage-Terminbuch ein und verschwand. Sie gingen nun in den Umkleidebereich und entledigen sich der nassen Anziehsachen. Michael half Charlotte aus dem Kleid heraus, da sie es alleine, so nass wie es war, unmöglich schaffen konnte. Sie zogen den Bademantel an und betraten den Wellnessbereich. Es gab einen Whirlpool, eine Dampfsauna und eine normale Sauna. Ebenfalls gab es mehrere Duschbereiche und einen Ruheraum. Sie gingen zur normalen Sauna und legten den Bademantel auf die Bank, die neben dem Eingang stand. Charlotte war aufgeregt. Sie war noch nie nackt in einer Sauna gewesen und schon gar nicht vor anderen fremden Menschen. Sie hoffte sehr, dass niemand kommen würde. Die heiße Luft der Sauna tat gut. Sie genoss es sehr, auf dem Handtuch zu liegen und sich langsam wieder warm und behaglich zu fühlen. Charlotte schaute Michael lange und intensiv an. Sie war richtig scharf auf ihn. Sie hatte gute Lust, ihn hier und jetzt erneut zu vögeln. Das einzige, was sie zurückhielt, war die Angst, dass jemand kommen würde. Andererseits, was sollte es ausmachen? Michael war mit ihr hier. Mit ihm fühlte sie sich sicher. Sie wusste nicht weshalb, aber es war so. Als 30 Minuten fast vorbei waren, verließen sie die Sauna, duschten ihren Schweiß ab und gingen in ihren Bademänteln zurück zum Empfang. Dort stand nun eine Frau, Ende 30, schulterlange blonde Haare, normal schlank mit kaum zu übersehenden massiven, großen Brüsten, die einen stabilen BH wirklich notwendig machten. Michael, der schon immer auf sehr große Titten stand, wurde sofort erregt. Er spürte seinen Schwanz unter dem Bademandel und schätze diese Teile auf mindestens Doppel-F-Größe. Er war nun sehr gespannt, ob die Masseurin die beiden massieren oder ob noch ein Masseur für ihn kommen würde. Die Frau fragte, ob sie beide zusammen sein wollten während der Massage und Charlotte sagte für beide ja. Sie folgten der Frau in den gegenüber-liegenden Raum, der ebenfalls gut beheizt war und in dem schöne ruhige Musik lief. In der Mitte des Raumes stand eine Massageliege, die am

Kopfbereich einen großen Ausschnitt hatte, damit das Gesicht frei nach unten liegen und man so die Massage normal atmend genießen konnte. Michael bot sich als erster an, was Charlotte nicht ungelegen kam. Sie wollte erst einmal sehen, wie dies hier vonstatten gehen würde. Die Frau bat Michael, sich des Bademantels zu entledigen und nackt auf die Liege zu legen. Charlotte konnte sehen, wie die Frau heimlich den schönen Schwanz von Michael betrachtete. Sie wurde unruhig und bemerkte, dass sie schon erste Ansprüche stellte, dass dieser Schwanz nun ihr ganz eigener Charlotte-Schwanz war. Sie schmunzelte in sich hinein bei diesem Gedanken. Michael legte sich mit dem Rücken auf die Liege. Die Masseurin, die sich zwischenzeitlich als Jasmin vorstellte, nahm ein kleines Handtuch und bedeckte damit den Schambereich und die Lenden von Michael. Dann begann die Frau, warmes Öl über seinen Körper zu gießen. Bevor sie mit dem Massieren begann, zog sie ihr langarmiges Oberteil aus. Sie trug nun nur noch ein dünnes Top und darunter den BH, der ihre massiven Brüste hielt. Sie begann, die Füsse von Michael zu massieren und bewegte sich langsam mit ihren vom Öl getränkten Händen in Richtung der Oberschenkel. Charlotte konnte sehen, das der Schwanz von Michael nicht mehr so klein da lag. Im Gegenteil, er war leicht gewachsen. Sie konnte die Form seines Schwanzes sich ganz deutlich unter dem dünnen Handtuch abzeichnen sehen. Als die Frau nun die Innenseiten der Oberschenkel massierte, streifte sie immer unabsichtlich seinen Schwanz. Michael lag ruhig da. Die Frau lächelte Charlotte an und massierte weiter. Sie konnte sehen, wie die Frau mit ihrem Handrücken den Schwanz von Michael leicht wegschob und den Bereich unter dem Sack ebenfalls massierte, bevor sie auf der anderen Seite den Oberschenkel weiter bearbeitete. Der Schwanz von Michael war nun unumgänglich hart geworden. Die Frau schien diese Tatsache nicht zu stören. Sie gab auch keinen Kommentar dazu ab. Vermutlich war sie diesen Anblick schon gewöhnt. Nachdem sie die Beine massiert hatte, fing sie an, oberhalb vom dem kleinen Handtuch die Brust und die Arme zu massieren. Dann bat sie Michael, sich auf dem Bauch zu legen. Charlotte bemerkte, dass sie zwischen-zeitlich von dem ganzen Zusehen feucht zwischen den Beinen geworden war. Sie sah, wie Michael seinen harten Schwanz unter dem Handtuch verborgen hielt und sie dabei anschaute. Sie lächelten sich gegenseitig an. Als Michael sich hingelegt hatte, zeigte nun sein Schwanz mit der Spitze in ihre Richtung. Er lag massiv zwischen seinen Beinen. Die Masseurin legte nun das Handtuch über seine Pobacken. Charlotte sah, dass auch die Masseurin die Pracht von Michael bestaunte. Am liebsten wäre Charlotte nun aufgestanden und hätte das Teil in ihre Hand genommen. Die Frau nahm nun erneut das Öl und verteilte es über den ganzen hinteren Körper Michaels. Nach und nach massierte sie alle Bereiche ab. Michael spürte, wie sie ein oder zwei Mal bei der Massage seiner Beine seinen Schwanz, der sich mittlerweile wieder beruhigt hatte, berührte. Er wusste, dass Charlotte die ganze Sache sah und war zutiefst zufrieden mit sich und der Welt. Dann war Jasmin fertig. Die ganze Zeit über war kein Wort gewechselt worden. Jasmin bat Michael nun aufzustehen und Charlotte, sich nackt auf die Liege zu legen. Während Michael sich seinen Bademantel anzog, beobachtete Jasmin ihn und seinen baumelnden Schwanz genau. Gleichzeitig musterte sie Charlotte und ihren erotischen Körper. Charlotte war nervös. Er ging auf Charlotte zu und küsste sie, während er ihr den Bademantel abnahm. Es war lange Zeit her, dass Charlotte sich komplett nackt vor einer anderen Frau gezeigt hatte. Die Frau schaute Charlotte intensiv in die Augen und lächelte sie an. Charlotte war irritiert und zugleich erregt wegen dem, was nun folgenden würde. Michael setzte sich in den Stuhl, während Charlotte sich nackt auf den Rücken legte. Die Frau wusch sich die Hände, bevor sie mit der Massage von Charlotte begann und legte eine andere CD ein, die beruhigende und noch entspannendere Musik spielte.

Dann legte sie Charlotte ein kleines Handtuch über ihren Schambereich. Mit ihren Händen berührte sie sanft Charlottes Oberschenkel und drückte diese dann auseinander. Michael konnte nun voll und ganz auf die glattrasierte Muschi bliecken. Er war fasziniert. Jasmin ging auf die andere Seite des Raumes, um frisches Öl in die Karaffe zu gießen. Aber sie nutze die Chance auch, um zwischen die Beine von Charlotte zu sehen. Charlotte bemerkte dies auch und wurde leicht rot im Gesicht. Jasmin setzte sich hinter sie auf einen kleinen Stuhl. Dann ließ sie das warme Öl über Charlottes Haare rieseln und begann mit einer Kopfmassage. Charlotte konnte spüren, wie die großen Brüste von Jasmin sich an ihren Kopf drückten. Diese Tatsache erregte sie sehr. Sie wollte sich schon wehren, doch wie würde sie vor Michael aussehen, wenn sie nun aufspringen würde? Die Frau massierte weiter den Kopf und ihre Ohren, bis sie schließlich zu den Schultern gelangte. Dann stand sie auf und entschuldigte sich, dass sie kurz die Massage unterbrechen müsse. Sie ging um die Liege herum zum Waschbecken, schaute dabei wieder zwischen die Beine von Charlotte und wusch sich die Hände. Dann drehte sie sich weg und sagte, dass sie einen teuren BH anhabe und diesen wolle sie nicht mit Öl beschmutzen. Sie hoffe sehr, dass es die beiden nicht stören würde. Michael fühlte sich alles andere als gestört. Er konnte es kaum abwarten, die echte Größe dieser massiven Brüste zu sehen. Charlotte lag auf der Liege und schaute ebenfalls zu was passierte. Die Frau zog sich vor den beiden zuerst das Top und dann den BH aus. Ihre großen und schweren Brüste folgten nun der Erdanziehungskraft. Dabei drehte die Frau sich so, dass alle beide alles sehen konnten. Sie lächelte Charlotte an, während sie sich wieder das Top überstreifte. Charlotte sah, wie sich ihre großen, abstehenden und festen Nippel unter dem Top abzeichneten. War die Frau auch erregt? Was war los? Die Masseurin ging um den Tisch zurück und Charlotte war bewusst, dass die Frau sich erneut ihre Muschi ansehen würde. Sie beobachtete genau, wie die Masseuse dies tat und die beiden Frauen schauten sich tief in die Augen. Jasmin lächelte Charlotte an. Michael beobachtete, wie die Masseurin erneut das Öl nahm und es nun, vom Hals beginnend, zunächst über Charlottes Brustwarzen und dann zwischen den Brüsten entlang über den Bauch hinab und weiter hinunter über die Beine von Charlotte laufen ließ. Charlotte atmete kurz heftig laut auf, als sie die warme Flüssigkeit auf ihren Brüsten hinunterfließen spürte. Sie schloss ihre Augen, war fasziniert und erregt. Sie wollte nun die Finger der Frau auf ihrer nackten Haut spüren. Gleichzeitig jedoch war sie komplett verunsichert und erneut gingen ihr die Gedanken, dass es nicht sein durfte, dass sie auch für Frauen Gefühle haben könnte, durch den Kopf. Michael bemerkte wie Charlotte sich innerlich hin und her windete. Er beschloss darauf hin, die Masseuse anzusprechen. Charlotte registrierte dies sofort. Sie war dankbar dafür, wenngleich sie merkte, dass Michael sie wohl besser verstand, als ihr lieb war. Gleichzeitig war sie aber noch mehr von ihm als einem potentiellen Partner überzeugt. Darüber hinaus gab ihr Michael durch diese Aktion Sicherheit und die Geborgenheit, sich, da er da war, fallen lassen zu können. Sie hörte, wie Michael die Masseurin fragte, wie alt sie sei. Es stellte sich heraus, dass er mit Ende 30 recht gut gelegen hatte. Sie war 39 Jahre jungend fragte Michael, wie alt er sei und wie er hieß und auch, wie alt Charlotte war und wie ihr Name sei. Sie war überrascht, das, er bereits 41 Jahre alt war, da er auf sie einen jüngeren Eindruck gemacht hatte. Ihr gefiel, dass Charlotte erst 34 war. Sie fragte Charlotte, ob es ihr recht sei, was sie mit ihr machte. Charlotte nickte. Sie brachte keinen Ton raus. Dann erzählte Jasmin, wie es war, hier als Masseurin zu arbeiten. Sie war entsetzt darüber, dass es sehr viel ältere Herren gab, die aufgrund ihrer extrem großen Brüste, die übrigens F-Körbchengröße hatten und auf die sie besonders stolz war, glaubten, dass in der Massage automatisch auch Anfassen inbegriffen sei.

Sie erzählte weiter, dass es hin und wieder auch Frauen gab, die sie versuchten anzufassen, mit allen möglichen Ausreden und Tricks. Während sie all dies erzählte, fing sie an, das warme Öl auf Charlottes nackter Haut sanft mit ihren Händen zu verteilen. Besonders intensiv kümmerte sie sich um Charlottes Brüste, deren Brustwarzen mittlerweile hart geworden waren. Jasmin bewegte ihre Hände nun über den Bauch, das Öl verteilend, nach unten. Michael sah fasziniert zu, wie sich der Bauch von Charlotte hob und senkte, so intensiv wie sie atmete. Michael fragte Jasmin, ob sie die Pille nahm und wie sich dies auf ihre Brustgröße auswirken würde. Jasmin sagte ihm, dass sie keine Pille nehme, da sie mit der Temperaturmethode verhüte. Dann schob sie die Beine von Charlotte noch weiter auseinander und entfernte das kleine Handtuch, sodass sie Michael den Blick auf die Muschi mit den vollen Schamlippen noch besser freigab. Sie begann, die Beine von Charlotte zu massieren. Michael fragte Jasmin, ob sie in einer festen Beziehung lebte. Jasmin verneinte. Sie habe sich kürzlich von ihrem Freund getrennt. Er habe sie mehrfach betrogen und sie war auf der Suche nach wirklicher Geborgenheit. Langsam näherte sich Jasmin mit ihren Händen den Schamlippen und der Knospe von Charlotte. Sie berührte diese dabei unabsichtlich mehrere Male. Charlotte bebte am ganzen Körper. Ihr war klar, dass Michael das alles mitbekam. Sie war so fasziniert von diesen Berührungen, gleichzeitig aber irritiert und auch unsicher, was Michael darüber denken würde. Sie lauschte gespannt weiter was die beiden redeten. Jasmin berichtete nun darüber, dass aufgrund der Tatsache, dass es so heiß in den Massageräumen war, sie nahezu immer einen kurzen Rock so wie heute tragen müsse. Und sie habe es aufgegeben, einen Slip darunter zu tragen. Zu oft hatte sie eine schöne Frau massiert und dabei selbst eine feuchte Muschi bekommen. Sie war es leid, hin und wieder Slips am Tag wechseln zu müssen. Charlotte war dieser Satz nicht entgangen. Die Frau die sie massierte, schien genauso wie sie wohl bisexuell zu sein. Michael war von der offenen Art von Jasmin fasziniert. Er sagte ihr, das es ihm sehr gefiel, wenn man offen und unkompliziert miteinander reden konnte.

Nachdem sie Charlotte nun auf der Vorderseite von Kopf bis Fuss massiert und eingeölt hatte, half sie Charlotte, sich auf den Bauch zu drehen. Die beiden Frauen schauten sich dabei intensiv an. Michael war klar, was zwischen den beiden gerade passierte. Er wusste nur nicht, ob dies gut oder schlecht für ihn war. Er wollte unter keinen Umständen seine neue Freundin und Errungenschaft nun an eine Frau verlieren. Er saß in dem Stuhl und beobachtete das Treiben weiter. Jasmin ölte Charlotte ein und streichelte und massierte sie dann am ganzen Körper. Wie auch bei Michael, wurden am Ende die Beine massiert. Sie drückte die Beine von Charlotte auseinander, sodass sie mit ihren Händen leichter Charlottes Innenseiten der Oberschenkel massieren konnte. Immer wieder berührte sie dabei die Schamlippen von Charlotte, die langsam fast so weit war, hier auf der Liege einen Orgasmus zu bekommen. Die Berührungen der Frau hatten sie total angemacht. Dass nun auch noch ihre Möse berührt wurde, löste in ihr einen regelrechten Schmetterlingsflug im Bauch aus. Plötzlich öffnete sich die Türe zum Massageraum vorsichtig und die Hotelfrau sagte, dass Jasmin am Telefon verlangt wurde. Jasmin beendete daraufhin die Massage mit Charlotte und wusch sich die Hände. Charlotte traute sich nicht, sich umzudrehen und Michael ins Gesicht zu sehen. Wie würde er reagieren. Würde er diese Angelegenheit tolerieren? Jasmin verabschiedete sich von den beiden mit dem Satz, dass sie sich sehr gefreut habe, die beiden kennenzulernen und gerne weiter reden würde. Vielleicht würde sie später noch in den Wellnessbereich nachkommen können, wenn nicht so viel los sei. Dann verließ sie den Raum und schloss die Türe hinter sich. Michael stand auf und ging zu Charlotte hinüber. Er streichelte ihren weggedrehten Kopf sanft und sagte ihr, sie solle sich zu ihm umdrehen. Sie sahen sich in die Augen.

Er sagte ihr, dass er diesen Nachmittag bisher sehr genossen habe und dass er nach alldem was hier passiert sei, immer sicherer sei, dass sie die richtige Frau für ihn wäre. Charlotte traute ihren Ohren nicht. Hatte er ihr gerade zwischen den Zeilen gesagt, dass, wenn sie einmal Sex mit einer Frau haben würde, er nichts dagegen hätte so lange er dabei anwesend war? Sie war unsicher und doch überglücklich, dass er so reagiert hatte. Sie war fasziniert von diesem Mann. Er zog sie zu sich hoch, setze sie vor sich auf den Rand der Liege, spreizte ihre Beine auseinander. Sie konnte seinen harten Schwanz sehen und spürte wie er in ihre ölige Liebesgrotte eindrang. Sie erzitterte am ganzen Körper während sein Schwanz immer wieder in sie glitt. Dann bekam sie Angst und sagte, was wohl wäre, wenn jetzt jemand reinkam. Michael verstand sofort und zog seinen Schwanz aus ihr heraus. Er half ihr in den Bademantel und sie gingen zurück in den Saunabereich. Zwischenzeitlich waren einige Gäste gekommen. Charlotte war unsicher, wie sie sich verhalten sollte. Noch nie war sie nackt in der Sauna gewesen, noch hatte sie sich nackt vor fremden Menschen gezeigt. Sie merkte, wie sich diese nun anfängliche Angst in erotische Lust wandelte. Es gab ihr einen Kick, sich nackt zu zeigen. Sie gingen in die Sauna hinein. Zwei Männer waren dort und unterhielten sich angeregt.

Michael setzte Charlotte so, dass sie den beiden Männern direkt gegeben über saßen. Er nahm neben Charlotte Platz und sorgte, während er sich hinsetze, dafür, dass sie ihre Beine auseinander machte. Die beiden Männer bekamen so einen erstklassigen Blick auf ihre Möse. Sie war erneut erregt und gab seinem Wunsch nach. Sie bemerkte die heimlichen Blicke der Männer auf ihren wunderschönen, nackten und eingeölten Körper und auf den Einblick, den sie mit ihren geöffneten Beinen den beiden bat. Damit sie die Beine nicht schließen konnte, streichelte Michael ihr den linken Oberschenkel. Jedes Mal, wenn sie versuchte, ihre Beine zu schließen, um damit ihre Muschi vor den beiden Männern in Sicherheit zu bringen, zog Michael mit seiner Hand das Bein wieder auf. Sie wurde regelrecht feucht zwischen den Beinen von diesem Spiel. Sie spürte, wie ihr Mösensaft aus der Muschi rauslief. Doch sie konnte nichts tun.

Nach kurzer Zeit verließen die beiden Männer die Sauna und sie waren alleine. Sie wollte schon mit Michael schimpfen, dafür, was er gerade mit ihr gemacht hatte. Aber irgend etwas hielt sie zurück. Sie spürte, dass ihr diese Dominanz von ihm gefallen hatte. Sie wollte, dass sie ihm gehörte und er mit ihr machte, was er wollte. Sie spürte das es sie massiv erregt hatte, wie er sie den beiden Männern regelrecht präsentiert hatte. Wie konnte es sein, dass Michael so gut verstand, sie zu führen, so, als ob sie sich schon ewig kennen würden. Charlotte fühlte sich sehr zu ihm hingezogen. Sie saßen eine Weile da und sie wusste nicht, was als nächstes passieren würde? Sie war sehr gespannt, wann Jasmin zu Ihnen kommen würde und ob sie sich nackt zeigte. Michael begann, mit Charlotte zu sprechen. Er wollte wissen, ob es aktuell noch einen anderen Mann in ihrem Leben gab. Sie schaute ihn an und fragte, ob er eifersüchtig sei? Er nickte. Sie war sprachlos. Dann begann sie zu erzählen, dass es im Moment nur Peter gab, mit dem sie sich gelegentlich auf Skype zum heißen Online-Sex verabredete. Sie wisse nicht einmal, wo er wohnen würde. Sie vermutete, dass er verheiratet sei und mit ihr seine sexuelle Phantasie ausleben würde. Michael fragte sie, ob es noch weitere Männer gegeben habe oder gebe, mit denen sie diese erotischen Spielchen trieb. Sie verneinte. Sie berichtete ihm, dass sie bei Peter eine gewisse Sicherheit hatte, dass außer seiner Frau, nur sie seine Prinzessin sein würde. Sie lachte. Bei den anderen Männern war ihr aufgefallen, dass diese sich auch mit anderen Frauen so im Internet trafen und dies habe sie dann wieder zu sehr an ihren Ex-Mann erinnert, der sie ja auch mit anderen Frauen geteilt habe. Das wollte sie nicht mehr haben. Mit Peter konnte sie einfach ihre exhibitionistische Neigung ausleben. Und sie hätte es genossen, dass er ihr immer genau gesagt hatte, was sie zu tun habe. Das habe sie regelrecht erregt und ihr geholfen, starke Orgasmen zu bekommen. Michael hörte ihr genau zu, bei allem, was sie sagte. Dann küsste er sie lange und rieb dabei ihre Clit als Belohnung dafür, dass sie ihm alles erzählt hatte. Nachdem der Saunagang vorbei war, gingen beide und duschten sich den Schweiß vom Körper. Michael fing an, Charlotte mit Duschgel einzuseifen. Er machte auch vor ihrem Intimbereich nicht halt und forderte sie auf, auch ihn überall einzuseifen. Sie bemerkte, dass sein Schwanz richtig hart war und fing an diesen besonders schön einzuseifen, während sie ihm lächelnd in die Augen sah. Dann duschte Michael mit der Duschbrause seine neue Partnerin behutsam ab. Es tat gut, das ganze Massageöl wieder vom Körper abgewaschen zu wissen, gleichwohl Charlotte es genossen hatte, noch eine Weile das Öl, mit dem Jasmin sie berührt hatte, auf ihrem Körper zu spüren. Nachdem auch Michael abgeduscht war, gingen beide in den Ruheraum. Michael bestellte für sie beide Getränke und sie legten sich zusammen auf eine größere Liege. Eingemümmelt in ihren Bademänteln, kuschelten sie sich aneinander.

Sie mussten eingeschlafen sein, den als sie aufwachten, war es schon dunkel draußen. Die Getränke standen unberührt auf einem Tischchen neben ihnen. Ein Zettel lag auch da. Michael hob den Zettel auf. Es war eine Nachricht von Jasmin. Sie sei da gewesen, hätte aber die beiden nicht wecken wollen. Sie hinterließ ihre Handynummer und email-Adresse für den Fall, dass die beiden einmal wieder in der Stadt sein würden. Michael schaute Charlotte an und frage, ob ihr das Hotel gefallen habe und ob sie vielleicht bald wieder einmal hierherkommen sollten. Charlotte wurde leicht rot und bestätigte, dass es ihre beste Zeit überhaupt seit langem war und sie liebend gerne wieder mit Michael hierherkommen wolle. Michael nahm die beiden Getränke und reichte Charlotte ihres und sie stießen auf ihre gemeinsame Zeit an. Dann zog Michael sie hoch, öffnete ihren Bademantel und auch seinen. Er zog sie zu sich und ihre nackten Körper berührten sich. Charlotte genoss es, diesen Mann nackt auf sich zu spüren, wie er sie zudem auch noch fest in seinen Armen hielt. Er nahm ihre Hand und ging in Richtung Dampfsauna. Sie bemerkte, dass erneut niemand in Wellnessbereich war sie waren wieder alleine. Charlotte genoss diese Tatsache sehr, zumal sie so keine Hemmungen hatte, sich Michael nackt zu zeigen. Er öffnete die Tür zum Dampfbad, nahm den Schlauch, der am Wasserhahn an der Wand befestigt war und spritze mit kaltem Wasser die Wände und die Sitzbank aus Plastik lange ab. Sofort stieg heißer Dampf im Raum auf.

Er schloss die Tür von außen während beide sich ihrer Bademäntel entledigten. Dann öffnete er die Türe erneut und sie betraten den Raum, der immer nebeliger wurde. Sie setzen sich nebeneinander auf die Plastikbank, während sie zusahen, wie der Dampf immer intensiver wurde. Der Raum heizte sich komplett auf. Nach wenigen Minuten konnte man nicht einmal mehr die Hand vor Augen sehen. Es war so heiß, das ihre Körper zu schwitzen begannen. Charlotte öffnete ihre Oberschenkel. Sie spürte, wie die Schweißperlen von ihrem Gesicht auf ihre großen Brüste tropften, sich dort sammelten und dann über den Bauch in Richtung ihrer Klitoris flossen. Die warme Flüssigkeit folgte weiter der Erdanziehungskraft und suchte sich den Weg zwischen ihren Schamlippen nach unten. Sie drehte sich zu Michael hin. Sie fingen an sich zu küssen und zu streicheln. Charlotte war schon wieder ganz heiß und spitz. Sie wollte endlich gefickt werden. Sie griff Michael zwischen die Beine um zu sehen, ob sein Schwanz bereit war. Sie stand auf, drückte seinen Beine zusammen, um dann mit ihren geöffneten Beinen auf seinem Schoß Platz zu nehmen. Sie spielte mit seinem Schwanz so lange, bis dieser ganz fest geworden war. Mit einer Hand öffnete sie ihre Schamlippen weit und mit der anderen Hand führte sie sich seinen Schwanz ein. Michael stöhnte auf, als seine Eichel in die nasse Liebesgrotte eintauchte. Er fühlte die großen

Brüste in seinem Gesicht auf und ab wackeln, während die Brustwarzen von seinem unrasierten Bart ganz hartgescheuert wurden. Charlotte ritt immer intensiver auf ihm. Sie stöhnte immer wieder und er spürte, wie ihr nasser Saft erneut aus ihr schoss. Sie sagte, dass sein Schwanz genau richtig für sie sei. Sie nahm seine Hände und führte sie zu ihren Arschbacken. Sie wollte richtig festgehalten werden, damit sie ihn noch intensiver reiten konnte. Sie genoss es sehr, unbeobachtet seinen Schwanz im Nebel zu ficken und ihrer Lust freien Lauf zu lassen. Charlotte spürte seinen Schwanz, der nun langsam anschwoll, intensiv in sich. Dies erregte sie nur noch mehr und sie würde gleich kommen. Sie stöhnte lauter. Es war ihr egal, ob jemand draußen war. Sie war über diese Tatsache verblüfft. Sie hätte nie gedacht, einmal so ihre Lust zu genießen und sich vorzustellen, dass sie, die sonst so zurückhaltende und konservative Charlotte, nun eine Frau war, die ihre neu gefundene Sexualität auslebte. Sie drückte seinen Kopf auf ihre Brüste. Er saugte sich an ihren Nippeln fest. Jetzt war sie soweit. Sie sagte Michael, dass sie nun gleich kommen würde und fragte, ob er auch soweit sei? Er stöhnte zurück und sie spürte, dass er und sie gleichzeitig kamen. Ein heftiger Orgasmus durchlief ihren Körper, während sie gemeinsam kamen. Sie spürte, wie sein Schwanz sein Sperma in ihr Loch hineinpumpte. Sie umklammerte ihn ganz fest und begann, ihn wild abzuküssen. Es war passiert. Sie war verliebt. Sie wollte es nicht sein, aber es war nunmal so. Dieser Mann hatte sie regelrecht zur Liebe verführt. Sie blieben noch eine Weile in dieser Position. Ihr fiel auf, dass sie erneut ungeschützten Sex gehabt hatten. Sie dachte nach, wann sie ihre Tage gehabt hatte und wann ihr Eisprung sein würde. Egal wie sie rechnete, es konnte nichts passiert sein. Sie war erleichtert. Sie konnte sich vorstellen, mit diesem Mann alt zu werden, obwohl sie sich erst seit kurzem kannten. Aber sie wollte noch einige Zeit unbeschwert genießen, bevor sie eine Familie gründen wollte. Sie stand auf. Im gleichen Moment floss auch schon das viele Sperma, vermischt mit ihrem genauso vielen Mösensaft, an ihrem Bein hinunter. Michael nahm den Schlauch, um sie beide vorsichtig mit dem kalten Wasser abzuwaschen. Er spritze die Wände und die Bank erneut ab. Dann setzen sie sich wieder. Charlotte setzte sich so hin, dass das Sperma, das noch in ihr war, aus ihrer Muschi heraus auf den Boden tropfen konnte. Sie genoss es sehr zu spüren, wie sein Saft sich seinen Weg suchte. Er streichelte währenddessen ihren schwitzenden Körper überall. Sie war überglücklich. Nach einigen Minuten standen sie auf. Charlotte öffnete die Tür und der Dampf entwich. Sie war knallrot im Gesicht. Michael lachte. Sie schaute ihn vorwurfsvoll an. Er nahm den Schlauch und spritze alles sauber. Er wollte nicht, dass noch Sperma sichtbar war und stellte sicher, dass alles im Abfluss verschwand. Er beseitigte die Spuren ihres heißen Erlebnisses gründlich. Charlotte genoss diesen Anblick sehr. Sie gingen gemeinsam zur Dusche. Michael bestand darauf, dass sie sich beide kurz mit Wasser abduschten, bevor sie in Bademänteln zur Umkleide gehen würden. Ihre Klamotten waren noch immer vom Regen nass und so mussten sie im Bademantel, der nur knapp bis zu ihren Oberschenkeln ging, aus dem Wellnessbereich über den Eingangsbereich zum Aufzug gehen. Sie konnte sehen, dass die Schwanzspitze von Michaels Penis leicht unter dem Mantel hervorkam, während er ging. Michael ging absichtlich hinter ihr her. Ihr war klar, dass er einerseits versuchte sie vor fremden Blicken zu schützen aber andererseits sicherlich auch den Anblick genoss, falls man ihre Möse sehen würde. Er pfiff durch die Zähne. Damit war klar was los ist. Der Mann an der Rezeption beobachtete sie, während sie zum Aufzug gingen. Sie spürte seine Blicke auf ihrem Körper. Sie wusste, dass er ihre Möse unter dem knappen Bademantel rausstehen sehen würde. Sie ging in den Aufzug und blieb so stehen, bis die Tür, sich geschlossen hatte. Erst dann drehte sie sich zu Michael um. Sie fuhren nach oben. Sie war erschöpft. Sie war komplett durch gebumst und wollte sich nur noch in Ruhe duschen und dann mit Michael ins Bett verkriechen und vielleicht reden oder einen Film zusammen ansehen, bevor sie einschlafen würden. Ihr kam in den Kopf, dass es schon Samstag Abend war. Charlotte wurde traurig. Morgen musste sie schon wieder zurückfahren, was sie nicht wollte. Am liebsten wollte sie von diesem Mann nie mehr getrennt sein.

Photos

Charlotte kam aus der Dusche. Sie hatte dafür gesorgt, dass das restliche Öl, das noch von der Massage in ihren Haaren war, rauschgewaschen wurde. Unter der Dusche hatte sie lange an Jasmin gedacht. Sie hatte den Zettel, mit der Telefonnummer und der Email-Adresse, vom Wellnessbereich mitgenommen, damit sie mit ihr in Kontakt bleiben konnte. Sie wollte mehr über Jasmin erfahren und herausfinden, wie Jasmin damit umging, dass sie andere Frauen erotisch fand. Charlotte selbst hatte große Angst davor, es sich einzugestehen, dass sie selbst sehr gerne andere Frauen nackt sah. Sie wusste nicht, ob sie andere Frauen lieben, berühren und vielleicht auch zwischen den Beinen liebkosen wollte... das war ihr alles fremd... und doch gab es ihr einen erotischen Kitzel... etwas, das sie unruhig werden und das sie sofort diese Gedanken verdrängen ließ. Zu sehr erinnerte sie sich an ihre Erziehung und die Aussagen ihrer Eltern, dass es abnormal wäre, wenn eine Frau eine andere Frau interessant finden würde. Sie selbst war in einer Mädchenschule gewesen. Am Abend, wenn die Aufsicht der Lehrer beendet und die Mädchen unter sich alleine waren, kam es vor, dass man sich gegenseitig den Rücken massierte. Manche Mädchen massierten noch mehr. Sie hatte dies beobachtet, war aber zu schüchtern gewesen, wenngleich sie es so gerne auch erlebt hätte. Nun, 20 Jahre später, war es soweit. Es traf sie mitten im Leben. Sie, die 34-jährige, extrem gut aussehende Frau war interessiert daran es auszuprobieren. Sie wusste nicht, was sie dabei ausleben wollte, aber sie würde definitiv den Kontakt zu Jasmin aufnehmen. Sie hatte sich mittlerweile abgeduscht und ging ins Schlafzimmer. Michael lag auf dem Bett und schaute TV. Er ignorierte sie komplett. Sie war zufrieden damit, ein bisschen Zeit für sich zu haben. Sie schlüpfte in ihren Pyjama ohne Unterwäsche anzulegen, zog sich Socken an und kroch unter die Bettdecke. Michael hatte, wie sich herausstellte Essen bestellt. Es klopfte an der Tür. Er stand auf und ging in den Vorraum nahm das Essen entgegen und gab ordentlich Trinkgeld. Sie konnte hören, wie der Hotel-Boy sich überschwänglich bedankte. Dann kam er mit einem Wagen, auf dem Essen und eine Flasche Wein angerichtet waren, ins Schlafzimmer zurück. Er schob den Wagen direkt neben das Bett zu Charlotte und öffnete die silbernen Hauben, die die Teller darunter abdeckten. Sie freute sich darüber, dass er nicht nur Fleisch und Kartoffeln bestellt hatte, so, wie sie es schon einmal bei einem Mann erlebt hatte. Michael hatte vielmehr eine Variation aus verschiedenen kalten Speisen aufs Zimmer kommen lassen. Er reichte ihr einen Teller und Besteck und bediente sie mit den Sachen, die sie essen wollte. Dann nahm er sich auch davon aufs Teller und legte sich neben Charlotte aufs Bett. Sie aßen und schauten TV. Die Zeit verging rasend schnell. Mittlerweile war es schon nach 23 Uhr geworden. Sie machten sich beide bettfertig und kuschelten noch ein wenig, bevor Charlotte erneut in den starken Armen von Michael einschlief.

Der Sonntagmorgen verlief alles andere als relaxt. Sie hatten vergessen, einen Wecker zu stellen. So viel das Frühstück aus, denn sie musste ihren Zug zurück erreichen. Am Bahnhof angekommen, kaufte Michael noch allerlei Proviant für die Reise für sie. Es war weit mehr als sie essen und trinken konnte, aber er bestand darauf, dass es ihr gutgehen sollte. Vielleicht war es gut so, dass der Morgen so verlaufen war. Sie war jetzt schon super traurig und wollte nicht weg. Der Zug fuhr in den Bahnhof ein. Sie spürte, wie sie zu weinen begann. Michael merkte es. Insgeheim freute er sich darüber, auch wenn er selbst nun gefordert war, sie zu trösten. Er sagte ihr, dass er sie wiedersehen wolle und das gleich am nächsten Wochenende. Sie würden unter der Woche ausmachen, wo und wie sie sich treffen könnten. Es half alles nichts. Charlotte flossen die Tränen nur so aus den Augen. Sie stieg ein. Michael ging außen am Zug mit, bis sie einen Platz gefunden hatte. Er begutachtete genau, wo sie sitzen würde und ob es dort einen anderen Mann geben würde, der ihm gefährlich werden könnte. Aber zu seinem Glück nahm sie neben einem älteren Ehepaar Platz. Sie schaute aus dem Fenster und warf ihm einen Kuss zu. Er malte ein Herz mit seinen Händen in die Luft. Der Zug fuhr los. Michael war durcheinander. Auch ihm war klargeworden, dass dies eine ernste Sache werden könnte. Er ging zurück zum Auto. Er stieg ein und fuhr los. Während der Fahrt ging er nochmals das ganze Wochenende durch. Es war sehr geil gewesen. Er hatte alles richtig gemacht. Er hatte sein Ziel, die Frau so zu vögeln, dass sie von ihm abhängig war, erreicht. Und es faszinierte ihn mehr als er gedacht hatte, das, sie die gleichen sexuellen Vorlieben hatten. Er dachte darüber nach, was sie noch alles treiben würden. Er schmiedete einen Plan, was er alles mit ihr ausprobieren wollte. Er wusste, dass sie nicht sofort zu allem bereit sein würde, obgleich sie sich innerlich danach auch sehnen würde. Er hoffte sehr, dass sie mit Jasmin den Kontakt aufnehmen würde. Er hatte ihr absichtlich den Zettel mit den Kontaktdaten zugespielt. Ihm gefiel Jasmin auch sexuell. Er würde sie auch gerne vögeln wollen, nur jetzt war er mit Charlotte zusammen und fremdgehen würde er nicht. Aber wer weiß, vielleicht würde sich ein flotter Dreier ergeben. Er musste nachdenken, wie er dies hinbekommen könnte. Ihm kamen viele Ideen, doch keine war so gut, dass er glaubte, damit Erfolg haben zu können. Er wusste nur, dass er sich beeilen musste, egal, was er mit ihr vorhatte. Jetzt war der Beginn der Sommerzeit und in den Wintermonaten würde es schwerer werden.

Charlotte saß im Zug und war traurig. Da half auch die Konversation mit dem älteren Ehepaar, dass versucht hatte sie zu trösten, nichts. Sie schaute auf ihr Mobiltelefon. Sie überlegte, ob sie Michael eine SMS schreiben sollte. Aber sie entschied es nicht zu tun. Sie wollte am Abend, wenn sie zu Hause angekommen war, mit ihm skypen. Sie wollte seine Stimme hören und ihn sehen. Ihr Verlangen, mit ihm Tag und Nacht zu verbringen, war ungebrochen.

Sie schrieb stattdessen ihrer Freundin eine Email. Sie beschrieb Michael und wie er war. Sie schrieb, was sie am Wochenende alles erlebt hatten. Nicht das Sexuelle, das ging nur sie und Michael etwas an. Aber das romantische Abendessen und die beiden Tage in der Stadt. Dann griff sie in ihre Tasche und holte den Zettel von Jasmin heraus. Sie schaute den Zettel lange an. Erst jetzt bemerkte sie, dass Jasmin wohl mit Lippenstift ganz dezent einen offenen Kussmund auf den Zettel gemacht haben musste. Sie wurde kribbelig und spürte ihren Kitzler vibrieren. Sollte sie wirklich schreiben? War sie bereit, sich auf das einzulassen, was folgen würde? Sie war es! Sie tippte die email Adresse ein. Als Betreff wählte sie „Hier bin ich". Sie schrieb Jasmin, wie schön sie die Massage gefunden hatte und wie sehr sie die Berührungen von ihr genossen hatte. Sie schrieb ihr weiter, dass sie sich gefreut habe, die Nachricht von ihr zu finden. Und dass sie hier nun war. Sie schrieb ihr, dass sie gerne den Kontakt halten wollte und sich freuen würde wenn sich Jasmin bei ihr melden würde. Sie hinterließ auch ihre Telefonnummer für alle Fälle. Sie las die Email nochmals durch, dann bemerkte sie, das es vielleicht unpassend wäre, so über die Massage und die Berührungen zu schreiben. Gerade als sie diese Zeilen löschen wollte ruckelte, der Zug über die Gleise und aus irgendeinem Grund, den sie nicht verstand wurde die Email, so wie sie war versendet. Sie wurde rot im Gesicht. Was würde Jasmin denken? Wie stand sie nun da? Sie hatte keine Wahl mehr. Sie musste abwarten was passieren würde.

Michael meldete sich per SMS. Sie schrieb ihm zurück. Sie schrieb, dass sie es kaum abwarten konnte, heute Abend mit ihm zu skypen und dass sie Jasmin einen Email geschrieben habe, um in Kontakt zu bleiben. Sie wollte, dass Michael dies wusste. Charlotte wollte keine Geheimnisse vor ihm haben. Wenn eine Beziehung, dann richtig oder gar nicht. Sie war bereit. Er war eindeutig der Mann fürs Leben für sie und sie wollte ihn. Sie hoffte inständig, dass sich alles positiv entwickeln würde. Er sendete ihr einen smiley zurück. Sie lachte.

Als Charlotte zu Hause angekommen war, schaltete sie die Heizung an. Sie ging unter die Dusche. Sie war froh, das heiße Wasser über ihren Körper laufen zu lassen. Sie wollte noch schnell eine Kleinigkeit essen und dann mit Michael skypen und schlafen gehen. Charlotte öffnete ihren Computer und fuhr das Gerät hoch, während sie sich abtrocknete. Sie checkte ihre Emails. Zu ihrer Überraschung war auch schon eine Email von Jasmin dabei. Der Betreff lautete: „Ich habe schon auf dich gewartet". Sie war ganz zitterig und setzte sich, als sie mit der Maus die email öffnete. Ihr Herz pochte stark während sie zu lesen begann. Jasmin schrieb ihr, dass sie große Freude daran gehabt hatte, sie zu massieren. Insbesondere deshalb, weil sie so eine sanfte Haut und so einen gepflegten Körper habe. Sie schrieb ihr auch, dass sie ihre schöne Muschi gesehen hatte und überrascht darüber war, da sie selbst eine ebenso schöne große Muschi hatte. Charlotte wurde feucht zwischen ihren Beinen. Sie laß aufgeregt weiter. Jasmin schrieb ihr weiter, dass sie sehr gerne den Kontakt zu Charlotte halten wollte, da sie, so glaubte sie, sich gegenseitig sehr sympathisch fanden. Die Email endete mit ihrem Skype Account Namen und der Einladung, sich am Dienstag Abend um 19 Uhr dort zu treffen. Charlotte überlegte nicht lange und schrieb ihr zurück, dass sie sich sehr über die schnelle Antwort gefreut hatte und auf jeden Fall zum besagten Zeitpunkt auf Skype sein würde. Sie stand auf, ging zurück ins Bad und wusch sich nochmals zwischen den Beinen. Sie wollte für Michael frisch sein. Sie trocknete sich ab und zog sich heiße Unterwäsche an. Die Email von Jasmin hatte sie in Fahrt gebracht. So wie sie war in ihrer heißen Unterwäsche starte sie Skype und rief Michael an. Er wartete bereits auf ihren Anruf. Er lag schon im Bett und las. Sie sprachen kurz und Charlotte erzählte ihm, wie traurig sie war, dass sie heute Nacht getrennt schlafen würden.

Er bestätigte ihr nochmals, dass es ihm auch so ging und das er hoffe, dass sie sich am kommenden Wochenende treffen könnten. Charlotte schlug vor, dass Michael zu ihr kommen sollte. Als er ihr zusagte, war sie überglücklich und sie verabredeten sich für den kommenden Abend, um wieder zu skypen.

Am nächsten Morgen fuhr Charlotte gleich um 6 Uhr zur Arbeit. Sie wollte den Montagmorgen nutzen, um die seit Freitag Mittag liegen gebliebenen Themen, abzuarbeiten. Und sie wollte sich auf andere Gedanken bringen, damit sie nicht ständig an Michael denken würde. Während sie in der S-Bahn saß und ihr Handy checkte, kam eine Skype Einladung rein. Peter ihr treuer Online-Sex-Partner, fragte an, ob sie heute Abend Lust auf eine heiße Nummer mit ihm haben würde. Sie überlegte kurz, wie sie im klarmachen sollte, dass es nun damit vorbei sein würde. Andererseits, was wäre, wenn es mit Michael doch nicht funktionieren würde dann hätte sie sich diese gelegentliche Chance, Sex zu haben, wenn auch nur online, verspielt. Sie schrieb ihm zurück, dass sie für mehrere Wochen im Ausland geschäftlich sein würde und dort keine Möglichkeit habe, aufgrund der hohen Kosten für den Internet Zugang. Er meldete sich zurück und wünschte ihre eine gute Zeit, bis sie sich wieder auf Skype verabreden würden. Solange würde er sehnsüchtig auf sie warten. Charlotte war sauer auf sich. Sie wollte Michael nicht hintergehen und nun hatte sie sich doch nicht komplett für ihn entschieden. Was war sie nur für ein mieses Stück Frau? Sie schaute aus dem fahrenden Zug und verdrängte die Situation und konzentrierte sich darauf, was sie auf der Arbeit alles erledigen würde. Sie schrieb Michael eine SMS, dass sie in vermissen würde und fragte, wo und was er heute machen würde. Als sie bei der Arbeit angekommen war, hatte er noch immer nicht geantwortet. Das war also ihre Strafe für Peter, dem sie nicht die Wahrheit geschrieben hatte. Sie fing an zu arbeiten. Gegen 10 Uhr meldete sich Michael, dass er heute und morgen den ganzen Tag in Besprechungen außerhalb der Firma in einem Hotel sein würde. Er schrieb ihr auch, dass der Organisator dummerweise ein Hotel ohne Klimaanlage gewählt hatte und das, wo es heute 37°C geben würde. Sie sendete ihm ein Smiley zurück und schrieb, dass er dann ja heiße Gedanken haben könne. Der Tag verging rasend schnell. Gegen 15 Uhr meldete sich Michael erneut. Er wollte wissen, was sie machte und teilte ihr mit, dass er mittlerweile unter seiner Anzughose und dem Hemd nackt in der Besprechung sitzen würde. Er habe auch die Socken ausgezogen so unerträglich heiß sei es. Sie war überrascht. Sie würde es sich nie erlauben, ohne Höschen im Rock oder der Hose in einer Besprechung oder sonst irgendwo zu sitzen oder zu sein. Andererseits machte sie der Gedanke, dass er da so saß, sehr an. Vielleicht sollte sie es auch einmal ausprobieren. Sie schrieb ihm zurück, dass sie hoffte, dass man heute Abend sprechen könne. Er schrieb ihr, dass es sicher vor 22 Uhr nicht klappen würde, da er noch mit den Kollegen zu Abend essen musste. Sie war enttäuscht. Hätte sie doch Peter eine Zusage geben sollen? Sie war scharf und wollte Sex haben. Sie überlegte kurz aber entschied dann, dass sie selbst betrogen worden war und nun nicht das Gleiche tun wollte, wenngleich der Gedanke sehr verlockend war. Als sie nach der Arbeit heimkam, machte sie sich etwas zu essen. Dann ging sie duschen und rasierte sich die Beine, Arme und ihre Schamlippen sowie den ganzen Intimbereich gründlich. Sie konnte es nicht ausstehen, wenn kleine Härchen sich da unten befanden. Sie wollte immer komplett blank rasiert sein. Charlotte begann, das warme Wasser über ihren Körper fließend, noch in der Dusche zu masturbieren. Mit einer Hand hielt sie die Duschbrause auf ihre Clit gerichtet, während sie mit der anderen Hand diese streichelte. Der Wasserstrahl und ihre Hand waren immer für einen schnellen Orgasmus gut. Sie kam schnell, kurz und stark. Sie wusch sich die Scheidenflüssigkeit aus ihrem Loch raus und stieg dann, befriedigt und im Reinen mit sich selbst, aus der Dusche. Sie zog sich an und legte sich auf das Bett.

Sie schaltete den TV an und zappte durch die Kanäle, bis sie was Brauchbares gefunden hatte. Sie musste eingeschlafen sein, als sie plötzlich vom Telefonklingeln aufwachte. Es war Michael. Sofort war sie hellwach. Mit einer süssen Stimme meldete sie sich. Er teilte ihr mit, dass es ein langer Tag gewesen war und die Hitze ihn komplett platt gemacht hatte. Er wollte nur noch duschen und dann ins Bett. Er vermißte sie sehr und die Möglichkeit, mit ihr heute Nacht zu schlafen. Sie erzählte ihm, was sie unter der Dusche getrieben hatte und wie sehr sie nach seinem Schwanz verlangte. Er zog sie auf, dass nicht er, sondern nur sein Schwanz für sie wichtig war. Sie lachten. Dann legten sie auf.

Am nächsten Morgen, als Charlotte bereits in der S-Bahn saß, bekam sie eine SMS. Gott sei Dank saß sie alleine und es war niemand neben ihr. Es war ein Photo. Sie erkannte genau Michaels Schwanz, der aus einer frisch gebügelten Hose heraus schaute. Nicht ganz. Oberhalb wurde er vom Hemd leicht bedeckt und die Eichel war noch in der Hose. Man sah jedoch den ganzen Schaft von seinem Schwanz. Sie war sofort erregt. Dann las sie den Text: „Mein Schwanz vermisst deine Muschi. Sendest Du ihm auch ein Bild?" Sie wurde nervös. Wie konnte er so etwas von ihr erwarten? Wo sollte sie jetzt so ein Photo machen? Es kam eine zweite SMS: „Trau dich einfach", stand da... der hat leicht reden, dachte sie... Als sie auf der Arbeit angekommen war, kam nochmal eine SMS und wieder stand da: „Trau Dich... hab keine Angst." Also gut, dachte sie. Sie stand auf und ging auf die Toilette und schloss die Tür hinter sich. Sie zog den Slip leicht herunter. Sie wollte ihm nur den Ansatz von ihrem Kitzler zeigen, mehr nicht! Sie war ganz durcheinander. Was machte sie da? Sie, die Doktorin? Ihre ganzen Prinzipien wurden auf den Kopf gestellt. Dann sendete sie das Photo ab. Sie ging zurück zum PC und arbeitete weiter. Kurze Zeit später kam eine SMS: „War das alles?" fragte er. „Zeig mir alles ich, will heiß von Dir werden, das Meeting ist total langweilig!"

Sie schrieb ihm zurück: „Bist du denn nie zufrieden?" Er antworte, dass es nicht darum ging. Sie solle sich trauen. Seinetwegen. Er saß hier nackt nur mit der Hose und nicht nur er, sondern auch sein Schwanz hatten nach ihrem heißen Körper Verlangen! Ok, dachte sie. Dir werde ich es zeigen. Sie ging zurück in die Toilette. Gott sei Dank war es noch früh und es waren fast ausschließlich Männer hier beschäftigt. Die Sekretärin hatte heute frei. Und dennoch verriegelte sie die Tür von innen mit dem Besen, sodass niemand reinkommen konnte. Dann zog sie sich komplett aus. Komplett. Nur ihre Stöckelschuhe ließ sie an. Sie stellte sich vor den Spiegel, hob ein Bein auf das Waschbecken hoch und photographierte sich. Sie betrachtete dass Photo genau. Sie bestaunte ihre großen hängenden Brüste und ihre vollen Schamlippen, die nun leicht geöffnet sie fast vom Photo ansprangen. Sie sendete das Photo ab. Sie zog sich wieder an. Sie entfernte den Besen und ging zurück zum Arbeitsplatz. So mein Lieber, jetzt bin ich gespannt. Funkstille. Dann keine 5 Minuten später läutete ihr privates Handy. Sie hob ab. Ein hörbar durch den Wind geratener Michael war dran. Er sagte ihr, wie sehr er auf sie stand und was für eine heiße Errungenschaft sie für ihn war. Er erzählte ihr, dass er glücklicherweise am Tisch gesessen hatte. Sonst hätten alle gesehen, wie sein Schwanz schlagartig hart geworden war und die Hose komplett ausgebeult hatte. Er war stolz auf sie, dass sie sich getraut hatte und wollte wissen, ob es sie selbst auch heiß gemacht hatte. Sie musste nicht lange mit der Antwort überlegen. Sie hatte es sichtlich genossen, ihm diesen Gefallen getan zu haben und ja, sie war auch erregt davon geworden, auch wenn sie es nicht zugeben wollte. Michael jedoch sagte sie es einfach so ins Gesicht. Ja, ich bin davon heiss geworden. Sie war verblüfft, wie leicht es ihr bei diesem Mann fiel, so offen zu sprechen. Er verabschiedete sich. Er musste zurück ins Meeting.

Michael kam nicht umhin, immer wieder das Bild das im Charlotte gesendet hatte, zu betrachten.

Es verschlug im regelrecht jedes Mal den Atem. Ihm wurde langsam klar, weshalb sie so von den anderen Männern für den Internet-Sex-Kontakt begehrt wurde. Sicher hatten die Männer sich kleine Filmchen geschnitten oder Photos von ihr gemacht, während sie vor ihnen masturbierte. Er musste sicherstellen, dass sie damit aufhören würde und er sicher war, dass sie ihm treu sein würde. Eine Romanze mit einer anderen Frau, dagegen hatte er nichts. Solange er auch Teil davon war... Er spielte mit dem Handy herum, bis er herausgefunden hatte, wie er das Bild von ihr als Hintergrundphoto des Handys einrichten konnte. Er wollte bei jedem Telefonat ihren erotischen Körper betrachten. In der kommenden Mittagspause saßen sie alle wieder draußen auf der Terrasse des Hotels. Während er angeregt mit einem Kollegen sprach, machte ihn sein Kollege, der neben ihm saß, auf zwei Frauen aufmerksam. Er traute seinen Augen nicht. Die waren 100% lesbisch. Die beiden Frauen kamen Händchen haltend auf die Terrasse. Der Ober begrüße die beiden so, als ob sie sich schon kennen würden. Er wies ihnen einen Tisch unweit von Michael und seinen Kollegen zu. Die beiden Frauen würden also am Tisch vorbeikommen müssen, um dorthin zu gelangen. Sein Kollege und er schauten unauffällig den beiden Frauen zu. Als sie am Tisch vorbeikamen schaute er ganz genau hin. Michael bemerkte es zuerst. Die kleinere Blonde trug ein schwarzes, komplett transparentes Kleid. Es war am Hals mit einer Krause zusammen gebunden, lag eng an und war hinten bis zum Arsch ausgeschnitten. Der vordere Bereich, wo ihre Brüste waren, war zweifach mit Stoff bezogen. Es reichte jedoch aus, dass man immer noch ganz schwach ihre Brustwarzen sehen konnte. Als sie näher kam, konnte Michael zudem erkennen, dass die Frau einen vorne komplett offenen String-Tanga trug. Er verlief so, dass er rechts und links neben ihren Schamlippen anlag, jedoch die Schamlippen frei einsehbar waren. Er fragte sich, wozu sie das nun überhaupt angezogen hatte. Es brachte doch nichts.

Das Kleid, daß ihr nur bis über die Knie ging, war eng tailliert so das man wirklich, wenn man genau hinsah, alles erkennen konnte. Sein Schwanz wurde hart. Seitlich konnte man ihre festen Brüste, er vermutete B-Körbchen einsehen. Sie trug keinen BH. Die Brüste hüpften leicht auf und ab. Die andere Frau hatte dunkelbraunes Haar und trug eine Jeans mit offener Bluse. Er sah, dass sie auch keinen BH anhatte, wohl aber doch größere Brüste haben musste, da die Bluse entsprechend ausgebeult von diesen war. Auch bei ihr zeichneten sich die harten Brustwarzen unter dem Stoff ab. Michael vermutete, dass die beiden Frauen diese Restaurantbesuche genau planten und sich hier einen sexuellen Kick holten. Er sah, wie die braunhaarige Frau der Blonden zärtlich mit ihrer Hand zwischen die Pobacken griff, als die Tischreihen enger wurden und sie näher zu ihrem Platz kamen. Die Frauen bestellten und drehten sich immer wieder um. Sie betrachteten das schöne Alpenpanorama, dass sie von ihrem Platz aus gut ansehen konnten. Michael entdecke, dass die braunhaarige eine Photokamera dabei hatte und damit begann die Blonde zu photographieren. Er stand auf und ging zu den beiden hinüber. Er bot an, ein Photo von den beiden zu machen. Es stellte sich heraus, dass die beiden Amerikanerinnen waren. Er scherze mit ihnen und bat sie, näher zusammenzurücken, damit er ein gemeinsames Photo machen konnte. Die Frau reichte ihm die Kamera und öffnete einen weiteren Knopf ihrer Bluse. Jetzt zeichneten sich ihren großen Brüste noch deutlicher ab. Er suchte das passende Motiv mit den Bergen im Hintergrund und machte ein paar Schnappschüsse. Die Frau in dem transparenten Kleid fragte, ob er sie beide noch weiter hinten an der Mauer kurz knipsen könne. Michael willigte ein. Während sie dorthin gingen, nutze er seine Chance. Er wollte unbedingt Charlotte ein Photo schicken. Sie würde es ihm sonst sicher nicht glauben. Er photographierte mit dem Handy die beiden Frauen von hinten. Erneut griff die braunhaarige der Blonden zwischen die Arschbacken. Er drückte ab. Was für ein Schnappschuss. An der Mauer angekommen, stellten sich die beiden nebeneinander. Die Frau hatte nun noch einen weiteren Knopf geöffnet und ihre Brustwarzen schauten am Rand der Bluse leicht hervor. Michael gab vor, einen Anruf zu bekommen und bat die beiden Frauen, kurz zu warten. In Wirklichkeit aber nahm er seine Chance wahr und machte unauffällig mehrere Photos von den beiden als er vorgab, die Telefonnummer auf dem Display einzugeben. Er hoffte, dass die Aufnahmen gut sein würden. Dann wendete er sich wieder den beiden zu und machte einige weitere Aufnahmen von ihnen. Sie bedankten sich überschwänglich und alle gingen wieder zurück zu ihren Plätzen. Die Kollegen von Michael zogen ihn auf! Was er denn da gewollt habe? Man würde nun wirklich erkennen, dass er blond war, wo doch jeder hier Anwesende gemerkt haben musste, dass die beiden lesbisch sind. Michael blieb ruhig und lächelte nur zurück.

Als das Meeting losging, schaute er sich die gemachten Bilder an. Er wollte wissen, wie erfolgreich er war. Das Bild, dass er von hinten gemacht hatte, war sensationell geworden. Und zu seiner großen Überraschung waren zwei der Photos von vorne auch sehr gut. Auf dem einen sprangen die Brüste fast aus der Bluse raus und auf dem anderen konnte man ganz deutlich das schwarze, hautenge Kleid und den offenen Slip, der die Muschi von der Lesbe freigab, erkennen.

Er setzte eine SMS an Charlotte auf. Schau mal, was hier alles beim Mittagessen rumläuft, schrieb er und sendete die drei Photos mit. Charlotte hörte das Handy piepsen. Sie saß an Ihrem Arbeitsplatz. Sie öffnete die SMS und wurde rot im Gesicht. Die Photos erregten sie und sie spürte, wie es zwischen ihren Beinen kribbelte. Dann schaute sie sich nervös im Büro um. Hatte jemand bemerkt, dass ihr die Hitze ins Gesicht stieg? Sie stand auf und ging in die Toilette. Sie schloss die Türe hinter sich ab. Ihr Slip war komplett nass. So konnte sie nicht arbeiten. Sie zog den Slip aus... nur wohin damit?

Zum Wegschmeißen war er zu teuer. Einmal hatte sie gesehen, dass sich in einem Pornofilm eine Frau den Slip in die Möse hinein gesteckt hatte. Sollte sie es auch tun? Sie probierte es aus und war schockiert! Sie, Charlotte, die Doktorin, tat solche ungezogenen Sachen? Sie wurde noch nasser, aber es half nichts, der Slip wollte einfach nicht ganz hineingehen. Sie ging zum Waschbecken und wusch den Slip aus. Dann drückte sie das restliche, überschüssige Wasser aus. Sie probierte es noch einmal und nun schien es zu klappen. Sie ging in die Hocke und spreizte ihre Beine auseinander. Ihre Schamlippen öffneten sich weit. Ihr Loch auch. Sie fing an, den Slip Stück für Stück reinzuschieben bis er ganz in ihrem Loch verschwunden war. Dann schob sie mit ihrem Finger den Slip noch ein bisschen weiter rein. Sie redete sich ein, dass es wie ein Tampon sein würde. Doch sie spürte dieses große Ding in ihr stecken. Sie war total erregt. Sie wusch sich mit Wasser, um die Röte aus dem Gesicht zu bekommen. Langsam beruhigte sie sich. Dann öffnete sie die Tür und ging zu ihrem Platz. Es fiel ihr schwer, sich zu konzentrieren. Sie war die leitende Doktorin hier für das Projekt und sie war wohl eine richtige geile Sau! Einerseits genoss sie diesen erotischen Moment, andererseits war sie extrem nervös. Das Handy piepte wieder. Sie las: „Gefällt dir das was du siehst? Ihre Hände zitterten. Sie schrieb nur: „Oh ja, sehr!" Sie wollte es korrigieren, doch es war schon zu spät, die SMS war raus. Spätestens jetzt musste Michael wissen, dass sie wirklich auf Frauen stand. Wie würde er damit letztlich umgehen? Charlotte stand auf, nahm ihre Handtasche und ging wieder zum WC. Sie schloss die Tür hinter sich. Erneut spreizte ihre Beine und begann langsam, den Slip aus ihrem Loch rauszuziehen. Dann versteckte sie diesen in ihrer Handtasche. Sie rückte ihr Kleid zurecht und ging zurück zum Arbeitsplatz. Die Zeit verging wie im Flug. Im Handumdrehen war es 17 Uhr. Sie musste sich beeilen. Sie war mit Jasmin verabredet und sie wollte sich unbedingt noch vorher duschen und glatt rasieren.

In letzter Sekunde erreichte sie den Zug. Sie war total spitz. Immer wieder hatte der Wind ihr Kleid hoch geweht, während sie zum Bahnhof gelaufen war. Als sie in den Zug, der sie in Richtung Stadt brachte, eingestiegen war, wurde sie immer nervöser. Einerseits lag dies daran, dass immer mehr Menschen einstiegen und sie keinen Slip anhatte. Sie hatte Angst, dass etwas passieren konnte und man es bemerken würde, andererseits gab es ihr auch einen massiven Kick, so dazusitzen. Und dann drehten sich die ganzen Gedanken nur noch um Jasmin. Wie würde die Session laufen? Was würde passieren? Endlich war sie zu Hause. Sie nahm ihre Schlüssel und öffnete die Tür. Heiße Luft kam ihr entgegen. Ihre Wohnung war regelrecht aufgeheizt von der heutigen Hitze. Charlotte öffnete die Fenster, doch draußen war es auch nicht viel kühler. Die Luft stand in ihrem Apartment. Sie zog sich aus und ging ins Bad, duschte und rasierte sich überall. Ihre Arme und Beine, ihren Po und ihre Poritze und natürlich auch ihre Muschi. Sie wurde feucht bei dem Gedanken, wie Jasmin sie dort berührt hatte. Sie stellte das Wasser ab und verließ die Dusche. Sie wickelte das Handtuch im ihren Körper und ging in die Küche, um eine Kleinigkeit zu essen.

Endlich war es soweit. Charlotte schaute auf die Uhr. In fünf Minuten war es sieben Uhr. Sie war immer noch unschlüssig was sie anziehen sollte. Was würde Jasmin bei ihrem ersten Treffen tragen? Heute war es wahnsinnig heiß. Sie hatte in ihrem kleinen   2-Zimmer- Apartment nahezu 35°C. Sie konnte also ohne Weiteres in einem BH und Slip dasitzen. Andererseits, wie sah das aus. Sie würde sicherlich spießig rüberkommen. Plötzlich piepse ihr Handy. Sie schaute darauf und entdecke zu ihrer Verwunderung eine SMS von Jasmin. Würde sie in letzter Minute das Skype -Treffen absagen? Sie öffnete die SMS. Ihr Herz pochte wild. Jasmin schrieb ihr, dass sie bitte nicht verwundert sein solle, dass sie fast nichts anhabe. Sie wohne unter dem Dach und in ihrem Studio herrschten nahezu 40°C, weil das Dach noch immer von der

Sonne so aufgeladen war und die Wärme nach innen in das Apartment abstrahlte. Charlotte reagierte blitzschnell. Sie streifte das Handtuch ab und schlüpfte in den seidenen, extrem kurzen Bademantel der nur knapp bis zu ihrem Po ging und mit dem sie schon oft Männer verführt hatte. Sie entschied sich, den Mantel vorne offen zu lassen, so dass Jasmin von Anfang an, ihre ganze Weiblichkeit betrachten konnte. Dann schaltete sie ihren Skype Account an und wählte den Kontakt von Jasmin. Es läutete. Nach kurzer Zeit erschien ein Bild. Charlotte konnte Jasmin hören, die ihr zurief gleich dazu sein. Die Kamera stand so eingestellt, dass man durch eine Tür hinaus auf eine Dachterrasse sehen konnte. Blumen und Pflanzen standen entlang dem Balkongeländer. Sie vermutete, dass Jasmin dies als zweiten Blickschutz benutzen würde. Und dann war es soweit. Jasmin betrat den Raum. Charlotte war sprachlos. Jasmin hatte eine Art Bademantel an. Es war jedoch ein Hauch von Nichts. Er bestand aus einem transparenten, gazeartigen Stoff ,aber sehr elegant. Sie hatte komplett freien Blick auf die extrem großen, massiven, festen Brüste, die bei jedem Schritt, deutlich hin und her wackelten. Sie konnte die großen Schamlippen und den massiven Kitzler, der noch größer war als der ihre, erkennen. Einzig störend war, das Jasmin gänzlich nicht rasiert war und einen blonden Busch trug. Charlotte war ein wenig enttäuscht. Einerseits war sie total erregt, andererseits irritierte sie die nicht rasierte Möse der doch so erotischen Frau. Jasmin setze sich vor die Kamera und sagte hallo. Charlotte, die die Kamera so eingestellt hatte, dass neben ihrem Gesicht auch ihr ganzer Körper gut zu sehen war, lachte sie an. Die beiden Frauen verstanden sich einfach. Jasmin berichtete ihr über die Hitze und fragte, ob sie Charlotte die Wohnung zeigen dürfte. Charlotte bejahte. Jasmin zeigte ihr den Raum, in dem sie waren. Dies war ihr Schlafzimmer und zugleich ihr Wohnzimmer. Ein Zimmer eben für alles. Nebenan gab es eine geräumige Küche mit einem massiven großen Holztisch, an dem sicher

sechs Personen sitzen konnten sowie ein sehr modern
eingerichtetes Badezimmer mit Badewanne und Dusche sowie
WC. Jasmin aber wollte Charlotte ihr Prachtstück, die
Terrasse, zeigen. Sie gingen nach draußen. Charlotte war
sprachlos. Zwischen den Hausdächern gelegen, erschloss sich
ihren Augen eine fünf Meter lange und drei Meter breite
große Fläche, die zur Hälfte überdacht war. Überall standen
Kerzen und Pflanzen. Unter dem überdachten Bereich stand
eine schöne große Coach, auf der drei Personen es sich locker
bequem machen konnten. Sicherlich war die Coach so groß,
dass man auch darauf zu dritt schlafen konnte. Charlotte
fragte, weshalb Jasmin die Balkonbrüstung mit zusätzlichen
Pflanzen zugestellt hatte. Jasmin ging zum Geländer. Nun
konnte man sehen, dass unweit, auf der anderen Seite, nicht
ganz so hoch, das oberste Parkdeck einer Parkgarage war.
Jasmin setzte sich auf eine der Sonnenliegen, die auf der
Terrasse standen. Sie stellte den LapTop so hin dass er genau
zwischen ihre Beine, die links und rechts von der Liege auf
dem Boden standen, mit der Kamera zeigte. Charlotte hielt
den Atem an. Sie konnte nun die volle weibliche Pracht von
Jasmin ansehen. Sie sprachen weiter. Jasmin musste jedoch
bemerkt haben, dass Charlotte fasziniert zwischen ihre Beine
sah, da Charlotte ja auf dem Bett saß und die Kamera immer
noch sie selbst und ihre Brüste zeigte. Jasmin erklärte ihr
weiter, die Kamera auf ihre Muschi ausgerichtet, dass es zu
oft Männer gegeben hatte, die sie heimlich beobachtet hätten.
Nun bewegte Jasmin die Kamera wieder auf ihr Gesicht.
Entweder hatte sie es nicht geschnallt, was sie gemacht hatte,
oder es war pure Absicht gewesen. Sie fragte Charlotte, wie
ihr die Führung durch die Wohnung gefallen hatte.
Charlotte war begeistert. Jasmin lud sie ein, sie einmal
besuchen zu kommen, was Charlotte sofort bestätigte. Zu
gerne wollte sie die Wohnung in echt sehen. Jasmin fragte
Charlotte, wie ihr Tag gewesen war. Charlotte erzählte ich
davon, wie unerträglich heiß es im Büro gewesen war und wie
froh sie war, dass sie nur einen String-Tanga getragen habe

und wie nützlich es sei, an der Muhst glatt rasiert zu sein, weil sie sich so länger frisch zwischen den Beinen fühlte. Sie wollte schon weiter sprechen, als Jasmin sie unterbrach und ihr sagte, dass sie schon viele Frauen, jung wie alt, massiert habe, dass sie jedoch noch nie eine Frau getroffen hatte, die eine ähnlich große Möse, wie sie selbst hatte. Ihr war bis dahin gar nicht in den Sinn gekommen, sich auch glatt zu rasieren. Sie habe aber während der Massage von Charlotte mehrfach ihre Möse betrachtet und überlegte nun, sich ebenfalls zu rasieren. Sie wollte jedoch damit warten, bis Charlotte ihr ein paar Tips gab, wie man dies am besten bewerkstelligen würde. Jasmin war so aufgeregt, dass sie gar nicht merkte wie sie weitersprach. Sie erzählte Charlotte davon, dass sie bislang nie für eine andere Frau schön habe sein wollen. Doch seit sie Charlotte getroffen habe, hätte sich dies geändert. Jasmin bemerkte nun, was sie gesagt hatte und wurde rot im Gesicht. Charlotte war durcheinander. Hatte ihr Jasmin gerade gestanden, dass sie auf sie stand? Es war zu spät, sie konnte nun auch nicht mehr zurückhalten. Sie gestand Jasmin, dass sie noch nie vor einer anderen Frau nackt gewesen sei. Die Massage war das erste Mal, dass eine andere Frau ihren nackten Körper überall berührt hatte. Sie sprach davon, wie Jasmin mehrfach ihre Muschi berührt hatte und sie beinahe einen Orgasmus davon bekommen hatte, bevor ihre Kollegin reinkam. Die beiden Frauen lachten und sahen sich tief in die Augen. Beiden war klar, dass es zwischen ihnen gefunkt hatte. Charlotte fühlte sich wohl. Jasmin fragte sie, was nun mit Michael sie. Charlotte berichte, dass sie Michael erst kürzlich kennengelernt hatte. Sie war verliebt in ihn. Sie bemerkte, dass Jasmin ein wenig traurig schaute. Sie fuhr fort zu erzählen, dass Michael ihr im Massageraum gesagt hatte, dass es für ihn ok wäre, wenn sie mit einer anderen Frau Liebe machen wolle, solange er mit eingebunden sei. Jasmins Augen leuchteten auf. Sie lächelte Charlotte an und sagte, dass dies für sie kein Problem wäre. Charlotte verstand sehr genau, was Jasmin da sagte. Sie wusste nur nicht, ob sie Michael mit ihr teilen wollte. Doch das war im Moment egal. Jasmin fragte Charlotte, ob sie ihr zeigen würde, wie man sich glattrasieren könne. Charlotte stand auf und ging ins Bad. Sie kehrte mit einem Rasierer zurück und demonstrierte Jasmin, wie sie ihre Schamlippen am Besten halte solle, damit sie diese beim Rasieren nicht verletzen würde. Jasmin stöhnte auf, als sie Charlotte sah, wie diese ihr ihre Möse und Schamlippen auf dem Laptop präsentierte. Sie bemerkte auch, dass Charlotte Flüssigkeit aus der Möse lief. Es musste sie sehr erregen, ihr diese Schulung zu geben. Dann stand Jasmin auf. Sie bat Charlotte, ein wenig zu warten, bis sie wiederkommen würde. Charlotte war überrascht. Was hatte sie vor? Sie lehnte sich in ihrem Bett zurück, während sie auf den Monitor ihres Laptop´s starrte und der Dinge harrte, die nun folgen sollten. Sie dachte über das, was sie erfahren hatte, nach. Jasmin hatte genauso wie sie wohl noch keine sexuellen Erfahrungen mit einer anderen Frau. Beide fühlten sich zueinander hingezogen. Sie hatte das Gefühl, Jasmin schon ewig zu kennen. Sie überlegte, ob sie Michael von diesem Skype-Gespräch erzählen sollte oder nicht. Sie entschied abzuwarten und die Dinge sich entwickeln zu lassen. Dann hörte sie Jasmin wieder in den Raum kommen. Jasmin lächelte verschmitzt in die Kamera, während sie sich auf die Coach setzte. Dann drehte sie die Kamera nach unten und Charlotte war sprachlos. Hatte sie sich tatsächlich gerade komplett blank rasiert. Sie schaute total fasziniert auf diese wunderschöne Möse. Am liebsten hätte sie diese jetzt mit ihren Händen berührt. Sie hörte Jasmin sagen, dass sie dies extra für Charlotte machte, damit sie sie noch attraktiver finden würde. Charlotte wurde rot im Gesicht. Dann fragte sie Jasmin, ob sie sich die Möse nach dem Rasieren eingecremt habe. Jasmin verneinte, stand auf um eine Body Lotion zu holen. Als sie zurück war, stellte sie die Kamera so ein, dass Charlotte nunmehr nur noch die glatt rasierte Möse sehen würde. Jasmin bat Charlotte das Gleiche zu tun. Sie bat zudem, das Charlotte sich ebenfalls Body Lotion auf die

Hand auftragen solle, um ihr zu zeigen, wie sie normalerweise ihre Möse nach dem Duschen und Rasieren eincremte. Charlotte musste nicht lange überredet werden. Sie war mittlerweile so scharf geworden. Sie wollte Jasmin diesen Gefallen tun. Sie wollte sich dieser Frau nun unbedingt exhibitionistisch zeigen. Sie wollte, dass Jasmin hören würde, wie sie stöhnte, wenn sie einen Orgasmus bekam. Sie stellte die Kamera auf Großansicht ihrer glattrasierten Muschi und griff zum Nachttisch, auf dem sie vorher ihre Body Lotion abgestellt hatte. Sie tropfte sich Body Lotion auf ihren Kitzler und ließ die Flüssigkeit langsam in Richtung ihrer Möse laufen. Dann fing sie an, diese mit ihren Fingern auf ihrer ganzen erregten Möse zu verteilen, um dann langsam in Kreisbewegung mit ihren Fingern die hart gewordene Clit zu massieren. Sie hörte auf, um nun Jasmin zu bitten, es ihr nachzutun. Sie beobachtete wie Jasmin, die Lotion über ihre frisch rasierte Muschi tropfte. Sie hörte, wie sie dabei lauter atmete. Dann folgte sie in allem, was auch Charlotte getan hatte, während sie immer lauter atmete. Charlotte bat Jasmin, die Kamera so einzustellen, dass sie sich sehen konnten, während sie ihre Mösen weiter rieben. Jasmin folgte Charlottes Anweisung. Sie stellte die Kamera so ein, dass Charlotte ihre nasse, voller Creme pulsierende Muschi sehen konnte, aber auch sehen konnte, wie sie mit der anderen Hand ihre Brustwarzen zog. Charlotte bat Jasmin die Kamera noch ein bisschen weiter hochzufahren, damit sie sich gegenseitig in die Augen sehen konnten. Sie fragte Jasmin, ob sie auch ihre Augen sehen konnte. Jasmin stöhnte auf, als sie sich ansahen. Beide Frauen saßen viele hundert Kilometer getrennt voneinander, sich gegenseitig ansehend und zusehend, wie sich sich masturbierten. Nun begann auch Charlotte, fester zu atmen. Sie beobachteten sich gegenseitig. Immer wieder lächelten sie sich an. Jasmin gestand Charlotte, dass sie so sehr gehofft hatte, dass sie gemeinsam erotische Erlebnisse haben würden. Charlotte stöhnte auf. Sie sagte, dass sie sich unbedingt einmal sich mit Jasmin treffen wolle und sie dann wirklich die nackte Haut von ihr auf sich spüren könne. Sie fingen an, beide immer lauter zu atmen und langsam kam zu dem schweren Atmen auch immer wieder ein lautes Stöhnen dazu. Jasmin hatte das Gefühl, dass sie gemeinsam kommen würden zuerst. Sie stellte sich auf den Atemrhythmus von Charlotte ein. Sie bewegten sich gemeinsam langsam auf den Höhepunkt zu. Jasmin spürte, wie ihre Möse immer nasser wurde. Sie hatte so viele Jahre auf so eine Möglichkeit gehofft. Eine Frau zu finden, die sie attraktiv fand und die auch sie selbst erotisch fand. Nun war es endlich soweit. Sie erinnerte sich daran, wie sie bei der Massage zärtlich die Möse von Charlotte berührt hatte und wie sie merkte, dass diese innerlich gebebt hatte. Sie dachte darüber nach, wie es wohl wäre, wenn sie sich mit Charlotte hier in ihrer Dachwohnung treffen würde und auch Michael dabei sein würde. Sie konnte sich durchaus vorstellen, mit den beiden zusammen Liebe zu machen. Der Gedanke daran, dass Charlotte sie lecken würde, während Michael seinen Schwanz in ihren Arsch steckte, machte sie richtig geil. Schon oft hatte sie sich auf der Terrasse nachts, im Licht der Sterne, masturbiert und die leer getrunkene Flasche Wein in ihr Poloch eingeführt und sich so zum Orgasmus gebracht. Sie beobachtete Charlotte, wie diese mit hochrotem Kopf sie ansah und immer lauter stöhnte. Dann stotterte Charlotte die Worte: „Ich komme gleich". Sie stöhnte dabei immer lauter. Jasmin war nun auch soweit. Sie bejahte Charlottes Wunsch zu kommen und merkte, wie ihr ganzer Körper nun auch zu zittern begann. Sie stöhnten immer lauter, während sie beide immer heftiger ihren Kitzler rieben. Sie schauten sich gegenseitig zu, aber es war so, als wenn sie sich dabei selbst beobachten würden. Beide Frauen atmeten immer lauter und dann war es soweit. Charlotte stöhnte und stöhnte und sagte: „Ich komme, oh Gott ich komme". Jasmin schrie fast vor lauter Lust. Weiß Gott, was die Leute unten auf der Straße hören würden, aber es war so intensiv. Sie spritze regelrecht Flüssigkeit aus ihrer Ritze raus und die Flüssigkeit ergoss sich über ihrem Computermonitor. Jasmin zitterte am ganzen Körper, ließ von ihrer Möse ab und schloss die Augen. Sie wusste nicht, wie lange sie so da gelegen hatte, als sie die Augen öffnete und in das Gesicht von Charlotte schaute. Sie sahen sich beide fassungslos an. Keine von beiden hatte zu Beginn des Gesprächs mit dieser Wendung gerechnet. Ja, beiden war klar gewesen, dass sie sexuell an der andern Frau interessiert waren aber das überstieg alles, was sie sich beide für das Gespräch heute Abend, vorgenommen hatten. Beiden Frauen war klar, dass dies das erste, aber nicht das letzte Mal sein würde, dass sie sich so auf Skype treffen würden. Charlotte sagte zu Jasmin, dass sie sie gerne jetzt küssen wollte und Jasmin sagte ihr, dass es für sie auch so war. Sie lagen beide erschöpft auf ihrer Seite der Internetverbindung. Mittlerweile war es fast 22 Uhr geworden. Charlotte wollte die Session beenden. Ihr war klar, dass Michael sie auch noch sprechen wollte. Jasmin sagte zu Charlotte, dass sie gerne wieder sprechen könnten. Die beiden Frauen lächelten sich an. Es war klar was das bedeutete. Jasmin schlug vor, sich für Donnerstag erneut zu verabreden. Charlotte sagte zu. Sie verabredeten sich für die gleiche Zeit und legten auf. Jasmin ging auf die Terrasse hinaus und legte sich auf die Sonnenliege. Sie spürte, wie die warme Sommerluft über ihren glatt rasierten Kitzler, strich. Sie war sofort wieder scharf und fing an, sich weiter zu streicheln. Sie dachte an das gerade geführte Skype-Gespräch mit Charlotte. Es dauerte keine fünf Minuten und sie hatte schon wieder einen starken Orgasmus.

Charlotte stand auf. Sie ging in die Küche und öffnete sich eine Flasche Wein. Sie nahm ein Glas und füllte es bis zum Rand. Dann trank sie es in einem Schluck aus. Sie war durcheinander. Was sollte sie nun tun? Sie war definitiv offen für Sex mit einer anderen Frau. Es war jedoch nicht klar, ob sie bi-sexuell war oder ob es für sie einfach nur eine schöne weitere Erfahrung war, die sie hin und wieder genießen wollte. Dann dachte sie darüber nach, was sie

Michael sagen sollte. Sollte sie im gestehen, was passiert war? Wie würde er reagieren? Er würde sicher merken, dass sie einen Orgasmus gehabt haben musste. Sie trank noch ein Glas auf ex. Sie hoffte so, zur Ruhe zu kommen und Frieden zu finden.

Ihr Skype Account läutete. Sie ging zurück ins Zimmer. Es war Michael. Sie aktivierte die Kamera. Michael pfiff durch die Zähne. Erst jetzt bemerkte Charlotte, dass sie immer noch ganz nackt war. Sie setze sich auf das Bett und nahm den Laptop zwischen ihre Beine. Michael war fasziniert von dem, was er sah. Sie drehte die Kamera so, dass er zu der nassen Möse, die schon wieder nach Sex hungerte, auch ihre großen Brüste und die harten Brustwarzen sehen konnte. Sie schauten sich an. Dann zog er sich aus und sie konnte seinen harten Schwanz erkennen. Er sprach sanft mit ihr. Er fragte sie, mit wem sie gerade vor ihm geskypt hatte. Sie wollte erst verneinen doch dann fing sie an zu erzählen. Er forderte sie auf, sich dabei mit den Fingern vor ihm zu masturbieren. Sie erzählte im von Jasmin und wie sie sich gegenseitig beobachtet hatten, während sie sich masturbierten. Michael hörte gespannt zu. Charlotte musste ihm alles im Detail erzählen, dies machte Charlotte wieder so heiß, dass sie vor Michael einen weiteren Orgasmus bekam. Sie war fasziniert, was dieser Mann alles aus ihr herausholte und wie groß ihr Vertrauen in ihn geworden war. Kurze Zeit später spritze er ab. Sie war traurig, dass er nun nicht da war und gleichzeitig erleichtert, dass er ihr keine Szene machte, weil sie mit Jasmin dieses erotische Erlebnis gehabt hatte. Charlotte war total erschöpft. Er fragte sie, ob Jasmin sie zu sich eingeladen hatte. Sie bestätigte dies. Er bot an, dass sie das kommende Wochenende gemeinsam zu Jasmin fahren könnten. Charlotte war schlagartig wach. Sie wusste nicht, was sie antworten sollte. Sie wollte eigentlich die beiden Beziehungen getrennt wissen. Michael drängte sie Jasmin morgen zu fragen, ob er mitkommen solle. Charlotte musste im versichern, dass sie Jasmin fragen würde. Sie schaute Michael lange an. Dann sagte sie: „Ich glaube, ich liebe dich". Sie war überrascht, dass sie es sagte, aber es kam aus ihrem tiefsten Herzen. Ihr wurde klar, dass Jasmin nur eine Zeit halten, sie sich aber letztlich für Michael entscheiden würde. Sie wartete, wie Michael reagieren würde. Er strahlte sie an und sagte zu ihr, dass sie gut schlafen solle. Sie war enttäuscht, dass er nicht „Ich liebe dich" sagen würde. Doch dann sagte er, bevor sie die Session beendeten doch noch etwas zu ihr: „Ich hätte mir nie träumen lassen, dass ich so eine Frau wie dich treffe und jede Minute, die vergeht, merke ich, wie ich dich immer mehr liebe". Sie war sprachlos. Noch bevor sie etwas sagen konnte, hatte er die Session beendet. Sie schaltete den Computer aus, drehte sich um und merkte, wie überglücklich sie mit ihm war. Dann schlief sie ein.

Michael war schockiert. Er hatte Charlotte doch klipp und klar gesagt, dass er nichts dagegen hatte, wenn sie mit einer anderen Frau was haben würde. Nur, er wollte dann auch dabei sein und das genießen. Welcher Mann war nicht darauf aus, einmal mit zwei Frauen zusammen gleichzeitig Sex zu haben. Er musste sich etwas einfallen lassen, damit die Sache ihm nicht entgleiten würde. Eine Frau an seiner Seite, die sich parallel mit einer anderen Frau traf oder einem anderen Mann, kam für ihn nicht in Frage. Entweder mit der Frau zusammen oder nichts. Und schon gar nicht mit einem anderen Mann. Niemand, außer ihm, würde Charlotte den Schwanz in ihre Löcher stecken. Er schmiedete einen Plan. Dann ging er zu Bett.

Verlass mich bitte nicht

Am nächsten Morgen rief Michael in der Firma an. Er nahm sich für den Rest der Woche frei. Er packte das Nötigste zusammen und setzte sich ins Auto und fuhr los. Er würde zu Charlotte fahren und sie überraschen. Dann würde er sie dazu bringen, dass sie ihm hörig werden würde. Er wusste, dass er nur diesen einen Versuch hatte. Klappte es nicht, wäre alles zu Ende. Das war pokern mit sehr hohem Einsatz. Er blieb ruhig, denn er war vertraut mit diesem Nervenkitzel, den er von der Arbeit jeden Tag aufs Neue hatte. Nur so war es ihm über die Zeit gelungen, in eine führende Position mit entsprechendem Gehalt zu gelangen. Sein Handy piepse. Er nahm das Handy und las: „Guten Morgen mein Schatz, wie geht es dir? Ich liebe dich. Deine Charlotte". Perfekt, genau auf das hatte er gehofft. Er legte das Handy auf die Seite, während er in die Abfahrt zur Autobahn einfuhr. Sicher würde es fünf Stunden dauern, bis er dort war. Gleichwohl würde er zu früh da sein. Aber das war gut so. So konnte er einen guten, vor ihrem Haus nicht einsehbaren Parkplatz suchen und warten, bis sie heimkommen würde.

Charlotte wartete nun schon den ganzen Vormittag auf ein Lebenszeichen von Michael. Aber nichts. Langsam wurde sie unruhig. Gedanken, dass er sie nicht mehr wollte, schossen ihr durch den Kopf. Hätte sie es ihm doch nicht erzählen sollen was mit Jasmin gestern passiert war? Er hatte ihr doch ausdrücklich gesagt, dass sie mit einer anderen Frau was anfangen durfte, solange er dabei war. Sie bekam Angst. Sie hatte sich nicht an die Vereinbarung gehalten und ohne ihn mit Jasmin Sex gehabt! Sie schrieb ihm noch eine SMS: „Bitte entschuldige wegen Jasmin. Ich weiß du hättest dabei sein sollen. Bitte melde Dich doch. Ich liebe Dich wirklich!" Es fiel ihr schwer, sich auf die Arbeit zu konzentrieren. Kurz vor Arbeitsschluss war sie den Tränen nahe. Gegen 19.00 Uhr ging sie zum Zug. Sie versuchte sich einzureden, dass er vielleicht sein Handy zu Hause hatte liegen lassen, aber es half nichts. Sie wollte Michael nicht verlieren. Sie würde alles tun was er wollte. Er war der Mann ihrer Träume. Zu Hause angekommen ging sie über den Hof zum Eingang des Mietshauses und schloss auf. Charlotte ging nach oben und machte das Licht an. Es war wieder so heiß hier drin, dachte sie, während sie erneut auf ihr Handy schaute. Nichts. Was war nur los? Sie versuchte sich abzulenken und etwas zu essen, aber bekam keinen Bissen runter. Charlotte ging ins Bad, duschte und rasierte ihre Möse. Wieder musste sie an Jasmin denken. Sollte es mit Michael doch nun nicht klappen, konnte sie immer noch mit Jasmin und Peter Sex haben. Nur würde sie mit Jasmin reale Treffen haben wollen. Sie trocknete sich ab und ging zum Bett und setze sich hin. Sie begann ihre Clit zu streicheln. Vielleicht half es ja. Sie dachte an die zärtlichen Massage von Jasmin und das gestrige heiße Skype-Gespräch. Sie wurde immer erregter. Dann läutete das Handy. Es war Michael. Total aufgeregt hob sie ab. Sie fragte wo er war und wie es ihm ging. Er war ruhig und distanziert. Sie war sofort den Tränen nah. Sie stotterte ins Telefon. Ich will dich nicht verlieren. Bitte verlass mich nicht. Er sagte ihr, sie solle sich beruhigen. Sie konnte aber nicht. Sie sagte, dass sie verstanden habe, dass er hätte dabei sein sollen, als sie es mit Jasmin gemacht hatte. Er antwortete ihr, dass sie darüber später sprechen würden. Sie war durcheinander. Dann läutete es an der Tür. Michael fragte sie nun mit harter Stimme, wen sie so spät noch erwarten würde. Sie bekam keinen Ton heraus. Oh Gott, dass kann doch alles nicht wahr sein. Sie erwartete niemanden und jetzt sah es so aus, als ob es neben Michael vielleicht doch noch jemanden gab. Sie sagte zu Michael, dass sie zur Türe gehen werde um zu sehen, was da los ist, da sie niemanden mehr erwarten würde. Sie öffnete die Tür vom Apartment. Da war niemand. Es läutete wieder. Sie sagte zu Michael, dass sie runtergehen würde. Er sagte, dass er am Telefon dabeibleiben würde und sie ihn am Ohr mitzunehmen habe. Charlotte sagte zu, griff nach ihrem Trenchcoat und dem Schlüssel und hüllte ihren nackten Körper darin ein. Gott sei Dank konnte Michael sie so nicht sehen. Das Licht im Treppenhaus war aus. Sie interessierte sich aber auch nicht dafür. Je weniger Licht in diesem Aufzug um so besser. Sie zog die Tür hinter sich zu und ging nach unten. Sie öffnete die Tür und war sprachlos. Michael stand vor ihr. Sie ließ die Hand, mit der sie den Mantel zugehalten hatte, los. Der Mantel öffnete sich und ihre Brüste taten den Rest, um den Mantel aufzudrücken und ihren nackten Körper zu zeigen. Michael nahm sie in seine Arme und küsste sie. Tränen rannen ihren Wangen runter. Er hob sie mit seinen starken Armen hoch und trug sie nach oben. Charlotte schloss die Tür auf und sie gingen in die Wohnung hin ein. Er zog ihr den Mantel aus, sodass sie nackt und verletzbar vor ihm stand. Sie weinte immer noch. Er nahm ihre Hand und ging mit ihr zum Bett. Sie setzen sich hin. Sie hielt sich an ihm fest. Er zog sein Hemd aus, dann öffnete er seine Hose. Sein harter Schwanz sprang heraus. Er zog seine Schuhe aus und schob Charlotte aufs Bett. Sie war komplett durcheinander. Er nahm sie sich, wie er sie wollte. Er spreizte ihre Beine und spielte mit seinem Schwanz vor ihrem Loch. Sie sahen sich in die Augen. Er sagte ihr, dass er es nicht noch einmal dulden würde, wenn sie sich nicht an ihre Vereinbarung halten würde. Die Tränen kullerten nur so die Wangen herunter. Sie schaute ihn an. Dann fing er an zu sprechen. Sie musste ihm versprechen, dass sie von nun an nur noch mit ihm und Jasmin Sex haben würde und mit keiner anderen Frau außer Jasmin und mit keinem anderen Mann außer ihm schlafen würde. Erneut kullerten ihr Tränen übers Gesicht. Sie schaute ihn an und nickte. Michael ließ nicht locker. Mit seiner Hand rieb er sienenn Schwanz vor ihrem Loch. Sie stöhnte. Dann fragte er sie erneut, ob sie verstanden habe, was dies bedeuten würde. Sie würde ab sofort nur noch seinen Schwanz anfassen dürfen. Nur noch sein Schwanz würde von ihrer Zunge im Mund geleckt werden, nur noch sein Schwanz würde sie in ihre nasse Möse und in ihr Arschloch ficken.

Er wollte wissen, ob ihr das reichen würde. Er wollte wissen, ob sie ihm hörig sein würde und alles, was er von ihr verlangte, tun würde. Sie schaute ihm in die Augen. Dann sagte sie ihm, dass sie nur noch ihm und Jasmin gehören würde und dass sie alles was er ihr sagen würde, tun würde. Sie zitterte am ganzen Körper. Dann drang er in sie ein und ließ seinen Körper sanft auf sie drauf liegen. Sofort umklammerte sie ihn mit ihren Beinen, wodurch sie ihn noch tiefer in sich eindringen ließ. Er fickte sie langsam und mit kontinuierlicher Geschwindigkeit. Sie war so erregt, dass ihr der Saft aus der Möse bei jedem Stoss lief. Sie würde alles für ihn tun. Er war der Mann ihrer Träume. Sie spürte, wie sein Schwanz dicker wurde, sie wusste, dass er gleich kommen würde. Sie wurde noch wuschiger. Jetzt würde sie auch gleich kommen. Dann hielt er an. Sie bebte am ganzen Körper. Er stieß sich mit seinen Armen nach oben ab, damit er sie ansehen konnte. Er schaute sie eindringlich an. Er fragte sie nochmals, ob sie ihm hörig sein würde und ob sie von nun an alles für ihn tun würde. Sie bejahte und sagte, dass sie es ernst meinte und dass dies nicht nur so dahingeredet sei. Ok, sagte er. Morgen wirst Du Jasmin kontaktieren und ihr sagen, dass wir sie für das Wochenende sie zusammen besuchen werden. Hast Du mich verstanden? Sie sagte ja. Der Gedanke machte sie noch geiler als sie schon war. Dann sprach er weiter. Und du wirst dich mit Peter für morgen Abend auf Skype verabreden. Du wirst dich ein letztes Mal mit ihm treffen, ihm sagen, dass du jetzt mit mir zusammen bist und dich, wenn er fragt, noch ein letztes Mal vor ihm masturbieren, während ich dich dabei beobachte. Sie wollte sich wehren, doch seine Stimme war eindringlich. Er sagte: „ist das klar?" Sie nickte. Michael sagte, dass er es hören wolle, wie sie es sagte. Sie solle laut ja sagen. Sie war fassungslos. Sie, die Doktorin, war die Sex-Sklavin von Michael geworden. Der Gedanke machte sie fast wahnsinnig vor Lust. Sie sagte laut ja während er sie ansah. Dann fing er an, sie wieder zu ficken. Sofort war sie wieder kurz vor dem

Orgasmus. Dann zog er den Schwanz erneut heraus. Er drehte sie um, sodass ihr Arsch zu ihm zeigte. Er steckte einen Finger in ihre Möse und holte diesen dann mit viel Muschi-Saft wieder heraus. Sie wusste, was nun passieren würde. Er würde sie nun bestrafen. Michael fing an, mit seinem Finger ihr Popoloch zu massieren. Sie stöhnte auf, whährend er anfing ihr den Finger langsam und sanft einzuführen. Er forderte sie auf, sich ihre Möse selbst weiter zu reiben. Sie gehorchte. Er fragte, ob sie wisse, warum sie dies nun bekommen würde. Sie sagte, weil sie unartig gewesen sei. Genau, sagte er. Dann spürte sie wie er einen zweiten Finger in sie hineinbohrte. Sie spürte den leichten Schmerz in ihrem Arschloch, doch sie musste gehorchen. Er war nun ihr Mann und sie seine Frau. Sie war soweit. Sie wollte diesen Mann wirklich dauerhaft haben. Er zog die beiden Finger raus. Erneut schob er seinen Schwanz in ihre Möse. Sie wusste das er ihn nur nass machte, bevor er ihn in ihren Arsch schieben würde. Sie war kurz davor zu kommen. Er zog seinen Schwanz heraus. Er griff nach einem Kondom und streifte sich diesen über seinen Schwanz. Dann war es soweit. Sie spürte seine harte Eichel am Eingang ihres Popolochs. Sie fühlte, wie sich sein steinharter Schwanz den Weg in ihren Arsch bohrte. Sie stöhnte heftig auf. Langsam aber unaufhörlich schob sich sein Schwanz in ihr Loch, während sie sich immer heftiger ihre Clit rieb. Er begann, sie mit rhythmischen Bewegungen nun in ihren Arsch zu ficken. Das war zuviel für sie. Sie kam laut stöhnend und heftig zum Orgasmus. Er stieß noch heftiger zu. Sie begann mit ihren Händen ihre Arschbacken auseinander zu ziehen und hielt ihm ihren Arsch nun regelrecht hin, damit er sie richtig durch ficken konnte. Sie wusste, dass sie ein böses Mädchen war, dass nun bestraft werden würde. Sie spürte, wie sein Schwanz ihr Arschloch noch weiter dehnte. Er schlug ihr immer wieder mit der flachen Hand auf die Pobacke, bis sie richtig rot wurde und schmerzte. Dann zog er seinen Schwanz aus ihrem Arsch heraus, streifte den Kondom ab und stieß seinen Penis in ihre immer noch zuckende Vagina hinein, fing an laut zu stöhnen und ejakulierte dann sein Sperma tief in ihre Möse. Als er fertig war, zog er seinen Schwanz raus und legte sich neben sie. Sofort umklammerte sie ihn erneut. Tränen liefen ihr aus den Augen. Sie entschuldigte sich nochmals und versprach, von nun an alles zu tun, was er von ihr verlangte. Er sagte nichts. Er hielt sie mit seinen Armen fest. Sie fühlte die Geborgenheit, die er ihr gab. Sie wollte sein Weib sein. Egal, welchen Preis sie dieses Mal zahlen musste. Dann schlief sie ein. Michael stand auf und suchte das Bad. Er duschte sich ab. Er war komplett ausgelaugt. Sein Plan war aufgegangen. Die erste der beiden Frauen war ihm nun hörig. Genauso, wie er es sich ausgemalt hatte, war Charlotte eine Frau, die man zu nehmen wissen musste. Morgen würde sie sich sicherlich ein wenig sträuben Peter zu kontaktieren, aber er würde eisern durchgreifen. Er würde es ihr schon austreiben und danach wäre es zementiert, dass sie ihm wirklich hörig sein würde. Er schaute in den Kühlschrank. Er würde morgen früh einen Sandwich für sie machen und mit einem Kaffee ans Bett bringen. Er stellte den Wecker auf Vibrationsalarm, damit er alles vorbereiten konnte, bis er sie dann wecken würde.

Am Morgen spürte er, wie das Handy mit dem Alarm unter dem Kissen vibrierte. Er war 5:30 Uhr. Er löste sich aus der Umarmung von Charlotte, die ihn die ganze Nacht nicht losgelassen hatte. Er ging ins Bad und urinierte. Dann wusch er sich die Hände und startete die Kaffeemaschine. Als der Kaffee soweit war, nahm er eine Tasse und ging zum Bett, um Charlotte zu wecken. Der Kaffeegeruch überraschte sie. Sie öffnete die Augen und sah Michael unsicher an. Er gab ihr den Kaffee, an dem sie vorsichtig nippte. Es tat gut einen Kaffee ans Bett gebracht zu bekommen, dachte sie. Sie setzte sich auf. Er zog sie zu sich hin und küsste sie. Er sagte ihr, dass er nur sie lieben würde und dass sie seine Traumfrau sei. Sie schmiegte ihren Körper an ihn. Dann schaute sie im erneut in die Augen und sagte, dass sie ihn liebte.

Er bat sie aufzustehen und sich fertig zu machen, während er das Frühstück für sie zubereiten würde. Sie freute sich einen Hotel-Boy zu haben. Er lachte kurz auf und ging in die Küche, während sie ins Bad lief. Nachdem sie sich geduscht hatte, zog sie sich an. Sie schlüpfte wie immer in ein sehr konservatives Kleid. Sie dachte, wenn die Kollegen wissen würden, was sie so alles erlebte, dann würde man ihr diese konservativen Kostüme nicht mehr abnehmen. Sie ging in die Küche und setzte sich. Michael reichte ihr das Handy. Sie schaute überrascht. Er sagte ihr, dass sie nun Peter kontaktieren solle und sich für heute zu verabreden habe. Sie wollte sich weigern. Michael stand auf. Sie wusste, was dies bedeuten würde. Sie bat ihn sich hinzusetzen. Er sagte ihr, dass sie jetzt die Chance habe, ihr Leben in den Griff zu bekommen und die Zukunft aufzubauen. Sie fragte, was sie in die SMS an Peter schreiben solle. Michael sagte ihr, dass sie Peter fragen solle, wann er heute für eine gute und sehr heiße Stunde Zeit haben würde. Sie tippte den Text ein. Ihr war unwohl. Würde Michael es wirklich von ihr verlangen, zuzusehen, während sie sich mit Peter skypte? Es dauerte keine 2 Minuten. Peter schrieb zurück, dass es heute schlecht wäre, es sei denn, sie könnte schon gegen 18.00 Uhr. Sie schaute Michael an. Er nickte. Sie sagte, dass sie da normalerweise nicht zu Hause war. Doch er ließ nicht locker. Er sagte Charlotte, dass sie heute um 16:00 Uhr wieder hier zu sein habe und für morgen Freitag einen Tag Urlaub zu nehmen habe. Charlotte war es nicht mehr gewohnt, von einem Mann gesagt zu bekommen, was los sein würde. Dennoch gehorchte sie. Insgeheim freute sie es, endlich wieder einmal von einem Mann dominiert zu werden. Sie schickte die SMS mit einem Smiley und schrieb: „dann bis um 18:00 Uhr und dass du mir ja kommst :-)". Peter würde genau verstehen, was das „zu kommen" zu bedeuten hatte. Sie schaute Michael an. Er nickte zufrieden. Dann sagte er ihr, dass sie nun an Jasmin zu schreiben habe. Sie schaute ihn mit großen Augen an.

Er sagte ihr, dass sie sich für 19.30 Uhr mit ihr für heute verabreden sollte. Sie sollte ihr zudem sagen, dass Michael gekommen war und sie davor mit ihm zum Essen gehen würde. Sie sollte ihr auch schreiben, dass sie gerne ihr Angebot wahrnehmen wolle und mit Michael dieses Wochenende bei ihr verbringen wolle. Charlotte wurde total nervös als sie die SMS an Jasmin losschickte. Sie bekam nun keinen Bissen mehr herunter. Das Handy läutete. Es war Jasmin. Charlotte meldete sich. Michael konnte genau mithören, da da der Ohrsprecher einfach sehr laut eingestellt war. Sie wollte wissen, ob es den beiden gut ging und freute sich, dass Michael nun bei Charlotte war. Charlotte tat es gut, die Stimme von Jasmin zu hören. Jasmin ihr sagte, dass sie sich wahnsinnig freuen würde, heute Abend mit den beiden zu skypen. Aber noch viel mehr freue sie sich, das Wochenende gemeinsam zu verbringen. Sie wollte wissen, wann die beiden ankommen würden, da sie sich dann den Rest der Woche freinehmen würde. Charlotte wusste nicht, was sie sagen sollte. Michael nahm ihr das Handy aus der Hand. Hallo Jasmin meine Gute, wie geht es Dir? Jasmin lachte. Er sagte Jasmin, dass sie morgen am Vormittag losfahren würden und so gegen 18.00 Uhr bei ihr sein könnten. Sie solle die Adresse per SMS senden. Jasmin sagte zu. Dann sagte Michael zu ihr, dass sie nicht verwundert sein solle, wenn die beiden heute Abend kichernd vor dem Skype Account sein würden. Das würde an den zwei oder drei Gläschen Wein liegen, die sie dann schon intus hätten. Jasmin lachte wieder. Er solle sich keine Sorgen machen, jetzt wo sie es wisse, würde sie auch dafür sorgen, dass sie dann auch schon zwei oder drei Gläschen getrunken haben würde, damit sie mit kichern könne. Michael lachte und verabschiedete sich und gab Charlotte das Handy wieder. Charlotte sagte, dass sie nun zur Arbeit los müsste und sich auf heute Abend schon freuen würde. Jasmin fragte, ob sie Michael alles erzählt hatte. Charlotte bejahte es. Jasmin wollte wissen, ob er damit einverstanden war.

Sie schaute Michael an lächelte und sagte: „oh ja und er kann es ebenso wenig wie ich erwarten, Dich zu treffen". Jasmin lachte. Sie verstand genau, was dies bedeutete. Charlotte verabschiedete sich. Jasmin sagte ihr, dass sie sie bereits vermisse und seit Dienstag immerzu an sie dachte. Charlotte wurde rot. Sie schaute Michael an. Er deutete ihr an, dass es ok war. Charlotte sagte zu Jasmin: „du fehlst mir auch sehr". Dann legten sie auf. Charlotte stand auf. Michael auch. Er ging auf sie zu, nahm sie in den Arm und küsste sie leidenschaftlich und lange. Dann schaute er sie an und sagte ihr, dass er sie lieben würde. Charlotte war durcheinander. Sie hätte im Leben nicht gedacht, wie sich die Dinge so rasend schnell in eine derartige Richtung entwickelten. Sie wusste nicht ob das, was heute alles passieren würde, wirklich in ihrem Interesse war. Sie küsste Michael, gab ihm den Hausschlüssel und ging los. Michael setze sich zurück an den Tisch. Er war kaputt. Es war sehr hart, dass alles hier durchzustehen. Er würde nun erneut auf Funkstille gehen. Er wusste, dass Frau Doktor Zeit zum Nachdenken brauchen würde. Und er wusste, dass sie lernen musste, ihm zu gehorchen. Er wusste, dass sie erneut das Verlangen, zu ihm zu gehören, aufbauen musste. Es war ein Poker auf Zeit. Er schaute auf die Uhr. Es war 6.45 Uhr. Ob die Zeit für alle diese Themen bis heute Abend reichen würde? Dann ließ er die Gedanken los. Wenn es klappen sollte, dann würde es das tun. Wenn nicht, dann war sie vielleicht auch nicht die Richtige für ihn. Er ging ins Bad und duschte sich. Dann nahm er die Wohnungsschlüssel von Charlotte und fuhr in die Stadt, um sich umzusehen.

Charlotte war am Bahnhof angekommen. Sie hatte gerade noch rechtzeitig den Zug erreicht. Sie schaute aus dem Fenster. Sie dachte nach über das, was seit gestern Abend passiert war. Sie ärgerte sich über sich selbst. Wie hatte es Michael angestellt, sie, eine Doktorin, so auszutricksen. Wie hatte er es geschafft, dass sie ein so großes Verlangen danach hatte, ihm hörig zu sein. Sie spürte, wie sehr ihr es gefiel, wie er mit ihr umsprang. Sie spürte, wie sehr sie es wollte, dass er so dominant mit ihr war. Sie spürte, wie sehr sie darauf abfuhr, dass er ihre Triebe genau steuerte und sie gemeinsam mit ihm diese Dinge ausleben konnte. Sie liebte ihn. Sie wollte ihn, das war keine Frage. Sie dachte an Peter und wie er reagieren würde. Sie hoffte, dass Peter nicht wollte, dass sie sich noch einmal gegenseitig zusahen. Vielleicht würde er auflegen, nachdem er erfuhr, dass sie nun vergeben war. Wie würde das Telefonat mit Jasmin laufen? Was hatte Michael vor? Warum sollte sie zwei Gläser Wein getrunken haben? Ihre Gedanken drehten sich im Kreis. Sie gab auf. Sie musste sich auf die Arbeit konzentrieren. Sie musste zum Chef und morgen einen Tag Urlaub einreichen und sie musste heute schon um 15 Uhr Feierabend machen, um rechtzeitig zu Hause zu sein, damit Michael sie nicht erneut schimpfen würde.

Um 15 Uhr verließ sie das Büro. Auf dem Weg zum Bahnhof kaufte sie sich ein Eis. Es war einfach zu heiß heute. Sie stieg in den Zug. Sie war nervös und gleichzeitig aufgewühlt für das Bevorstehende. Als sie um 16 Uhr zu Hause ankam klingelte sie. Michael kam herunter und öffnete ihr die Türe. Er lachte sie an. Sie küssten sich. Er hob sie erneut hoch und trug sie nach oben. Sie genoss es sehr. Auch wenn eine gewisse Spannung nun zwischen ihnen entstanden war, so wusste sie doch, dass sich diese nach dem heutigen Abend komplett legen würde. Sie wusste genau, dass es dann wieder genauso wie am Wochenende zuvor sein würde. Sie musste jetzt nur einen kühlen Kopf bewahren. Michael ging in die Küche. Er hatte gekocht. Italienisch. Pasta und Fisch. Eine Flasche Weißwein stand gekühlt im Kühlschrank bereit. Willst du dich noch duschen bevor wir essen? Oh ja, das würde ihr jetzt gut tun. Sie ging ins Bad. In der Dusche entdeckte sie ein Playgirl Duschgel. Sie roch daran. Sie wusste, dass Michael es für sie besorgt haben musste. Sie sah nun, wie viel Mühe er sich für sie machte. Es war nicht so, dass sie seine Sklavin war. Nein, er trug sie auf Händen.

Aber er hatte auch seine Bedingungen. Das verstand sie nun. Sie zog sich aus, stellte das Duschwasser an und rasierte sich am ganzen Körper die Härchen weg. Dann benutze sie das neue Duschgel. Es roch sehr gut und stimulierte ihre Haut. Sie wusch sich ab und stieg dann aus der Dusche. Nachdem sie sich abgetrocknet hatte, ging sie ins Schlafzimmer. Sie entdeckte auf dem Bett eine Schachtel. Darauf stand „für dich". Charlotte öffnete die Schachtel und zog einen Hauch von Nichts aus der Schachtel. Michael kam in den Raum. Es war ein komplett in weiß gehaltener, durchsichtiger Bademantel. Genau so einen, wie auch Jasmin getragen hatte. Dazu lagen in der Schachtel weiße kleine High-Heels mit drei cm hohen Absätzen. Sie zog alles an. Er drückte sie an sich. Sie wurde feucht zwischen den Beinen. Er wusste genau, wie exhibitionistisch sie veranlagt war. Er führte sie in die Küche und half ihr mit dem Stuhl beim Hinsetzen. So saß sie nun da, nahezu nackt, und ließ sich von ihm mit dem Essen bedienen. Er goss ihr ein Glas Wein ein. Sie redeten, lachten und scherzten während sie aßen. Die Zeit verging so wie im Flug. Kurz vor 18 Uhr schickte Michael Charlotte ins Bad, damit sie sich noch einmal vor dem Skype Anruf mit Peter frischmachen konnte. In der Zwischenzeit bereitete er alles vor. Er stellte das Laptop so auf das Bett, wie Charlotte es beschrieben hatte, wenn sie es mit Peter trieb. Dann suchte er sich einen Platz, von wo aus er alles genau beobachten konnte ohne entdeckt zu werden. Charlotte kam in den Raum. Er stand auf und ging zu ihr. Er bat sie, dass sie ihn komplett ausziehen sollte. Er wollte nackt sein damit, sie seinen harten Schwanz dabei auch sehen konnte. Charlotte war unsicher. Michael schenkte ihr noch ein Glas Wein ein. Es war nun das dritte. Charlotte wollte erst nicht, aber sie gehorchte. Sie wusste, dass sie der Alkohol lockerer machen würde. Sie trank das Glas halb leer. Sie setze sich auf das Bett und schaltete Skype ein. Sie beobachtete, wie Michael sich hinter dem Laptop seitlich auf die Coach setzte. Dann klingelte ihr Account.

Michael konnte Peter hören, der verblüfft war über diesen sexy Aufzug, den Charlotte heute anhatte. Sie sagte, dass sie mit ihm sprechen müsse und ihm dankte, dass er sich so schnell freischaufeln konnte. Er sagte, dass er auf einer Tagung mit Kollegen sei und dass er jetzt problemlos Zeit haben würde. Er bat Charlotte aufzustehen, damit er sie von allen Seiten ansehen konnte. Sie folgte seinen Anweisungen. Er teilte ihr mit, wie erotische er sie nach all dieser Zeit immer noch fand und wie sehr sie immer noch seinen Schwanz hart werden ließ. Er wollte wissen was los ist. Sie sagte ihm, dass sie einen neuen Mann kennengelernt habe und dass es mit dem Neuen sehr ernst sei, dass sie nun nicht mehr für ihn da sein könne und er sich nun eine andere Prinzessin suchen müsste. Peter war sehr einfühlsam. Er sagte ihr, dass er das verstehen würde und einverstanden sei. Er habe die Zeit mit ihr sehr genossen und er hoffte, dass es auch für sie der Fall gewesen sein würde. Charlotte bejahte es ebenso. Sie war erleichtert darüber, wie er reagiert hatte. Peter fuhr fort und sagte zu ihr, das, falls sich was ändern würde, sie ihn jederzeit wieder kontaktieren könne. Sie sagte ihm, dass sie nicht davon ausgehen würde. Er lachte und sagte, dass es für sie wohl ziemlich ernst sei und er ihr von ganzem Herzen alles Gute wünsche. Sie sagte, dass auch sie ihm alles Gute wünschen würde. Er fragte sie, ob es für sie ok wäre, ihm noch ein letztes Mal zu zeigen, wie sie sich vor ihm masturbieren würde. Sie schaute auf. Sie überlegte. Peter sagte, sie solle sich einen Schubs geben, um ihm jetzt, wo sie schon so ein heißes Kostüm anhabe, die Ehre erweisen. Sie schaute zu Michael. Er nickte ihr zu. Sie wollte am liebsten aufstehen und wegrennen. Aber sie spürte in sich, wie sich ihre Lust ins Unermessliche steigerte. Sie spürte, wie heiß es sie machte, vor Michael mit einem anderen Mann Sex zu haben. Sie konnte sich durchaus vorstellen, von einem anderen Mann vor Michael gefickt zu werden. Michael fing an, seinen Schwanz zu streicheln. Sie wurde ruhiger. Wie schaffte es Michael nur immer, dass sie sich so sicher bei ihm fühlte? Peter fragte sie erneut. Wie in Gedanken drehte sie sich zu ihm zum Monitor und lächelte ihn an. Er sagte, dass er merke, wie sie mit sich kämpfen würde. Sie verneinte dies und sagte, dass er seine Hose ausziehen solle. Michael hörte, wie Peter Charlotte anwies sich umzudrehen und ihre blanke Möse in die Kamera zu halten. Sie gehorchte. Peter sagte ihr, dass sie den Stoff hochnehmen sollte, damit er noch besser ihre Fotze und ihr Arschloch sehen könne. Er sprach sie komplett vulgär an. Sie lag mit ihren Schultern auf dem Bett und öffnete mit beiden Händen ihre Schamlippen. Peter schnaufte laut auf. Dann befahl er ihr, ihre Finger in die nasse Liebesgrotte zu stecken. Michael merkte, dass die beiden ein eingespieltes Team waren. Sie wechselte ihre Hände ab, sodass nach und nach alle ihre Finger ganz feucht und glitschig von ihrer Muschi waren. Peter wies sie an, mit einem Finger der einen Hand nun ihr Muschiloch zu bearbeiten und mit einem Finger der anderen Hand an ihrem Poloch zu spielen. Sie stöhnte laut auf. Der Gedanke, dass Michael sie so sehen konnte, machte sie noch schärfer. Sie fing an, ihren Finger in den Anus hineinzuschieben und mit der anderen Hand ihren Kitzler zu masturbieren. Sie stöhnte immer lauter und auch Peter brummte immer lauter. Dann kam sie laut und deutlich. Peter folgte ihr kurze Zeit später mit einem lauten Orgasmus. Sie drehte sich um und lachte in die Kamera. Sie sagte zu Peter, dass er wohl den ganzen Computer vollgespritzt haben musste. Er lachte auch. Sie schaute zu Michael. Er nickte ihr zu. Sie unterhielt sich noch kurz mit Peter. Er sagte ihr, dass er traurig sei, nun nicht mehr mit ihr solche Erlebnisse zu genießen. Er würde die regelmäßigen Sitzungen sicherlich schon bald vermissen. Sie machte ihm deutlich, dass dies ihr Abschiedsgeschenk an ihn gewesen sei und dass er es bitte in guter Erinnerung behalten solle. Sie sagte ihm, dass sie ihm viel Glück bei der Suche nach einer neuen Muse wünschen würde. Er dankte ihr nochmals für die gemeinsame Zeit. Dann wünschten sie sich alles Gute. Sie schaltete ab. Sie saß auf dem Bett und wusste nicht was sie tun sollte. Sie war ein wenig unsicher und verlegen, dass sie sich so vor Michael gezeigt hatte. Er kannte diese Seite von ihr nicht. Sie konnte eine richtig geile Sau sein. Michael sagte, dass sie zu ihm kommen solle. Sie stand auf und ging zu ihm hinüber. Er verlangte, dass sie sich vor ihm auf den Boden setzte. Sie gehorchte. Er streichelte ihr, wie einem kleinen Mädchen, über den Kopf und lobte sie. Sie war erleichtert, dass sie diese Sache nun hinter sich hatte. Sie war erleichtert, dass Michael, ihr neuer Herr und Meister, sie nicht tadelte. Sie schaute seinen großen erregten Schwanz an. Dann stand er auf. Er zog sie zu sich hoch. Er sagte, dass er stolz auf sie war. Er sagte, dass er genau wusste, dass sie exhibitionistisch veranlagt war und dass sie ihm das nun ruhig bestätigen könne. Er schaute ihr in die Augen und sie nickte ihn an. Dann sagte er ihr, dass sie noch viele solcher schönen Momente gemeinsam erleben würden. Und zu ihrer Überraschung sagte er, dass auch sie einmal einen Wunsch ihm gegenüber frei haben würde, wenn der richtige Zeitpunkt gekommen sei. Er streifte ihr den erotischen Bademantel vom Körper und schickte sie ins Bad, damit sie sich frischmachen könne. Schließlich würden sie in 30 Minuten mit Jasmin skypen. Sie ging ins Bad. Erneut nahm sie das Playgirl Duschgel und wusch damit ihre beiden Löcher sauber. Dann kam sie zurück ins Schlafzimmer, wo Michael mittlerweile nackt im Bett auf sie wartete. Sie legte sich zu ihm. Er fing an, sie am ganzen Körper zu streicheln, während er sie im Arm hielt. Sie genoss es, dass sie ihn wieder für sich zurückgewonnen hatte. Sie war froh, dass die Geschichte mit Peter zu Ende war. Sie war froh, dass Michael sie dabei beobachtet hatte, wie sie sich für einen anderen Mann auf Skype masturbiert hatte. Sie hätte nie gedacht, dass sie dazu fähig wäre, aber Michael kitzelte diese Dinge auf unerklärliche Weise aus ihr heraus. Und sie genoss es jedes Mal aufs Neue, was er mit ihr alles anstellte.

Michael hörte nicht auf Charlotte zu streicheln. Er wollte sie in Sicherheit wiegen. Sie ließ sich fallen und vergaß die Zeit.

Sie genoss die Berührung von Michael. Immer wieder ermuntere er sie, mehr von dem Wein zu trinken. Sie war mittlerweile so beschwipst, dass sie keine Hemmungen mehr zeigte. Sie vergaß, das er komplett nackt mir ihr im Bett lag. Der Computer meldete sich. Jasmin rief von ihrem Skype Account aus an. Charlotte lachte auf. Sie freute sich auf Jasmin. Michael war gespannt, was nun passieren würde. Jasmin hatte einen roten Morgenmantel an. Sie hielt ein Glas Wein in der Hand unf begrüßte die beiden. Michael scherzte herum und fragte, nebenbei, wie viele Wein-Gläser sie heute Abend schon bis auf den Boden betrachtet hatte. Jasmin kicherte und meinte vier oder fünf. Perfekt dachte er. Jasmin schien überhaupt nicht irritiert davon zu sein, Michael und Charlotte nackt und eng umschlugen so daliegen zu sehen. Michael fragte, ob sich Jasmin nicht auch nackt machen wolle, damit sie alle miteinander so nackt daliegen würden. Jasmin lachte. Sie öffnete ihren Bademantel. Michael sagte, das er wollte, dass sie den Bademantel ausziehen würde. Sie zögerte kurz. Dann stand sie auf und ließ diesen über ihre Schultern herunterfallen. Michael war sprachlos. Ihre Muschi war vom Aussehen genauso schön wie die von Charlotte. Der Kitzler war länger und stand deutlicher heraus. Was für ein Traum! Zwei extrem gut aussehende Frauen mit großen, hervorstehenden, langen Schamlippen und Kitzlern, massiv großen Brüsten und sehr guten Figuren, und beide darüber hinaus beschwipst und hoffentlich bereit für einen flotten Dreier. Sie setze sich wieder hin. Charlotte, die mittlerweile ganz wuschig von der Situation war, sagte zu Jasmin, dass sie es kaum erwarten könne, sie morgen endlich zu sehen. Jasmin kicherte und sagte, dass sie ihr die Möse auslecken wolle. Charlotte schaute sie mit großen Augen an. Michael nahm Charlottes Hand und führte sie zu seinem Schwanz. Er stellte die Kamera so ein, dass Jasmin genau sehen konnte, wie Charlotte nun Michaels Schwanz streichelte. Michael schaute auf den Monitor. Er sagte zu Jasmin, ob sie sich nicht ihren Kitzler vornehmen wolle. Jasmin zögerte erneut kurz, doch dann konnte er sehen, wie sie ihre Beine öffnete und mit ihrer Hand begann sich zu masturbieren. Sein Schwanz wurde richtig hart bei dem, was er sah. Charlotte erhob sich und begann mit ihrem Mund seinen Schwanz aufzunehmen. Ihre Zunge spielte mit seiner Eichel. Er konnte Jasmin lauter atmen hören. Er fragte sie, ob ihr gefallen würde was sie sah. Jasmin sagte, dass es schön wäre, aber dass sie noch viel lieber Charlotte dabei helfen wollte, ihm einen zu blasen. Charlotte lachte auf und sagte dann: „wenn du willst, teilen wir ihn uns". Jasmin lachte zurück. Michael war zufrieden. Er hatte sein Ziel erreicht. Die beiden Frauen waren willig mit ihm zu vögeln. Morgen würde er am Ziel sein. Die Sache erregte ihn ungemein. Er zog Charlotte zu sich hoch und sie setzte sich auf seinen Schwanz. Mit der Kamera im Rücken konnte Jasmin sehen, wie sein Schwanz in der Möse von Charlotte raus und rein ging. Er hörte sie immer lauter über den Computerlautsprecher atmen. Dann fing Jasmin an zu stöhnen, bis sie schließlich immer lauter wurde und einen heftigen Orgasmus bekam. Charlotte rieb ihre Möse heftig auf Michaels Schaft. Nun begann sie lauter zu atmen. Michael musste, egal was komme, durchhalten, bis auch sie gekommen sein würde. Er musste sich etwas einfallen lassen. Er bat Charlotte sich umzudrehen. Sie sollte Jasmin ansehen, während sie ihn ficken würde. Charlotte stieg von ihm herunter, drehte sich um und steckte sich seinen Schwanz wieder in ihre nasse Möse. Jasmin sagte zu Charlotte, wie schön sie war und das sie morgen zusammen diesen Schwanz reiten würden, wenn sie einverstanden wäre. Charlotte war es. Sie schaute durch die Kamera in Jasmin's Augen. Jasmin zeigte Charlotte, wie sie ihre großen Brustwarzen sich selbst lecken konnte und wie sie sich mehrere Finger in ihr Loch stecken konnte. Das war zu viel für Charlotte. Sie fing an laut zu stöhnen und ritt auf Michaels Schwanz, dass er glaubte, sie würde ihn kaputtmachen. Er konnte ihre großen Brüste hin und her baumeln sehen. Ihre Möse vibrierte. Michaels Schwanz schwoll an. Sie schrie ihren Orgasmus raus. Das war nun auch zu viel für Michael. Er spritze sein Sperma mit voller Wucht in ihr Loch. Er zitterte am ganzen Körper. so stark kam es ihm. Charlotte sackte auf ihm zusammen. Nach kurzer Zeit drehte sie sich um und legte sich erschöpft neben ihn. Jasmin wollte nicht bis morgen warten. Sie wollte, dass die beiden jetzt gleich losfahren würden. Michael bat um Entschuldigung. Er sagte, dass er nicht einmal mehr aufstehen könne. Er musste Jasmin dafür versprechen, dass er sie morgen genauso wie Charlotte heute bumsen würde. Er sagte ihr zu. Charlotte gab ihm einen Stoß in die Seite. Sie lachte und sagte zu Jasmin: „das ist mein Mann". Alle lachten. Sie verabschiedeten sich für diesen Abend. Michael schaute Charlotte an. Sie war zufrieden. Sie blickte ihn mit ihren Augen von unten an. Dann sagte sie ihm, dass sie froh war, dass es ihn gab und wie sehr sie ihn bereits liebte. Er sagte, dass sein Sperma eines Tages ihre gemeinsamen Kinder zeugen würde. Sie strahle über das ganze Gesicht. Sie schloss zu ihm auf und kuschelte sich an ihn. Dann schiefen sie beide ein.

Jasmin stand auf. Sie spürte noch immer ihre Möse vibrieren. Sie hatte den Orgasmus total genossen. Anstelle sich vor dem Fernseher zu masturbieren hatte sie gerade eine Live-Show gehabt. Sie war gespannt, wie der morgige Abend laufen würde. Sie war noch nie mit einer Frau im Bett gewesen, geschweige denn mit einem Mann und einer Frau. Sie hoffte sehr, dass Michael die Sorte von Mann war und es geil fand, es ihr in den Arsch zu besorgen. Zu lange hatte sie auf dieses Gefühl verzichten müssen. Der Gedanke, dass sie gleichzeitig dabei von Charlotte ihre Möse geleckt bekommen würde, machte sie erneut wuschig. Sie ging auf ihre Terrasse hinaus, legte sich auf die Couch und rieb sich erneut ihre Möse, bis sie zum Orgasmus kam. Sie zog die Decke, die neben ihr lag, zu sich hin und deckte sich zu. Sie schlief ein. Morgen würde sie nicht alleine einschlafen müssen...

Über den Dächern der Stadt

Michael wachte gegen neun Uhr auf. Ihm war klar, dass die Autofahrt ungefähr fünf Stunden dauern würde. Es war also vollkommen ausreichend, wenn sie gegen Mittag abfahren würden. Er stand leise auf und ging ins Bad. Er duschte sich ausgiebig und rasierte seinen Schwanz und Sack nochmals komplett glatt. Danach holte er sich einen runter. Er wusste, dass dies notwendig war, damit er heute Abend nicht zu geil wäre und zu schnell kommen würde. Ihm war klar, dass er einerseits beide Frauen zum Orgasmus bringen musste, andererseits hatte er ein Ziel. Und diese Anstrengung war es definitiv wert. Er ging in die Küche und setze Kaffee auf. Egal was passierte, er musste dafür sorgen, dass Charlotte so lange wie möglich schlief. Er hatte sie gestern regelrecht mit Alkohol abgefüllt. Anders wäre sie wohl nicht bereit gewesen, vor ihm mit Peter Sex zu haben oder es zuzulassen, dass sie es vor Jasmin getrieben hatten. Jetzt gab es für Charlotte kein Zurück mehr. Und er war einen großen Schritt weiter zum Ziel unterwegs. Er kam sich sehr schlau vor. All die Kurse über Verkauf, Manipulation und Rhetorik hatten sich gelohnt. Nicht auf der Arbeit, sondern hier in dieser Situation. Wer hätte dies gedacht. Er wartete, bis es kurz vor 11 Uhr war. Dann zog er die Rollläden hoch und begann, Charlotte sanft zu wecken. Sie gähnte und streckte sich. Sie schaute ihn lächelnd an. „Guten Morgen Liebster", sagte sie. Er atmete auf. Seine Rechnung war aufgegangen. Sie war fit und guter Laune. Der Alkoholrausch war ausgeschlafen. Sie kuschelten eine Weile. Dann stand sie auf und ging ins Bad. Sie duschte und rasierte sich am ganzen Körper. Mit je einem Handtuch um den Körper und den Haaren kam sie in die Küche. Michael hatte das Frühstück vorbereitet. Sie aßen in Ruhe, während Charlotte immer wieder nach Michaels Hand griff und diese sanft streichelte. Nach dem Frühstück verschwand Charlotte im Bad. Michael fuhr zur Tankstelle und dann in den Supermarkt. Er kaufte Champagner und Erdbeeren, eine Kühltasche und eine große Tüte Eiswürfel. Nachdem er bezahlt hatte, füllte er das Eis in die Kühltasche und steckte die beiden Champagner-Flaschen hinein. Dann schloss er die Kühltasche sorgfältig und verstaute sie so im Kofferraum, dass sie nicht umkippen konnte. Bis sie bei Jasmin ankommen würden, so war er sicher, würde der Champagner eiskalt sein. Dann fuhr er zurück zum Apartment. Charlotte war damit beschäftigt, ihre Sachen zu packen. Als sie fertig war, checkte sie nochmals die Wohnung und dann gingen sie zu seinem Wagen und fuhren los. Als sie auf die Autobahn auffuhren, bat Michael Charlotte, die Adresse ins Navigationsgerät einzugeben. Als Ankunftszeit wurde ihnen 17.00 Uhr genannt. Er sagte, dass sie damit eine gute Stunde Zeit auf der Fahrt haben würden, essen zu gehen. Charlotte sagte, dass dies eine gute Idee sei. Nachdem sie auf halber Strecke Rast gemacht hatten und nur noch ca. 45 Minuten entfernt waren, nutze Michael die Fahrt, um Charlotte auf den Abend vorzubereiten. Er wollte, dass, wenn sie ankommen würden, sie bereits erregt sein würde. Er fragte sie, was sie am meisten an Jasmin faszinierte, er wollte nochmals genau erfahren, wie sie es auf Skype das erste Mal mit Jasmin getrieben hatte. Charlotte erzählte im alles bereitwillig. Aus ihrer Körperreaktion und wie sie sich bewegte und im Stuhl hin und her wand konnte er erkennen, dass sie innerlich langsam nervös wurde. Gleichzeitig öffnete sie ihre Beine immer mehr, was ein Anzeichen war, dass sie erregter wurde. Er war zufrieden. Ungefähr 10 Minuten, bevor sie ankamen, rief Michael über die Freisprechanlage aus dem Auto auf Jasmin´s Handy an. Sie sagte ihm, dass sie einen Parkplatz in der hauseigenen Tiefgarage organisiert habe und dass sie an der Garageneinfahrt warten würde bis sie kamen. Von Weitem schon konnten sie Jasmin am Tor stehen sehen. Obwohl es heute schon wieder fast 40°C heiß war, steckte sie in einem Trench-Coat. Lediglich ihre schönen Beine schauten heraus. Sie trug Flip-Flops.

Als sie sich näherten, winkte sie den beiden mit einer Hand zu, während sie mit der anderen Hand den Mantel zuhielt. Langsam fuhr er in die Garage, während Jasmin vor dem Wagen zum Stellplatz ging. Er konnte ihren schönen Po unter dem Mantel sich hin und her bewegen sehen. Er war sich sicher, dass sie darunter nackt sein würde. Als er geparkt hatte, stieg Charlotte als erstes aus, während Jasmin ihr die Tür öffnete. Die beiden Frauen umarmten sich. Langsam lösten sie sich voneinander und dann, Michael traute seinen Augen kaum, begann Charlotte damit, Jasmin zu küssen. Jasmin erwiderte ihre Küsse. Dann drehten sich beide zu Michael und lachten ihn an. Die beiden Frauen lösten sich aus ihrer Umarmung und Jasmin ging um den Wagen herum zu Michael. Der Mantel war nun nicht mehr geschlossen. Als sie vor ihm stand, öffnete er den Trench-Coat komplett. Er zog ihren nackten Körper an sich, während er mit seiner Zunge ihren Mund öffnete. Sie ließ es ohne Widerstand zu und ihre Zungen spielten kurz miteinander. Er gab ihr einen Klaps auf den Po. Sie kicherte. Er ging zum Kofferraum und nahm Charlotte in den Arm, um auch sie zu küssen. Zu seiner Verwunderung war sie nicht zickig. Er hatte befürchtet, dass sie vielleicht eifersüchtig sein würde, aber dem war nicht so. Sein Plan für heute Abend, die beiden Frauen zu verführen, stand also nichts mehr im Weg. Sie begannen gemeinsam, dass Gepäck zum Aufzug zu tragen. Er schloss den Wagen ab und dann fuhren sie mit dem Aufzug nach oben. Charlotte sagte zu Jasmin, dass sie es kaum erwarten konnte, ihre Wohnung nun in echt zu sehen. Die Stimmung war locker und Erotik lag in der Luft. Als Jasmin die Türe zum Apartment aufschloss, kam ihnen die extrem warme Sommerluft entgegen. Jetzt wo sie aus der Tiefgarage kamen, spürten sie die Hitze noch mehr. Jasmin zog ihren Mantel aus. Sie ging komplett nackt in die Küche, wo sie die beiden Champagner-Flaschen und Erdbeeren sofort im Kühlschrank verstaute. Michael beobachtete diesen Anblick mit großem Genuss. Er war stolz darauf, dass sein Plan immer besser aufging. Es war gut gewesen, gestern Abend zu skypen und sich nackt zu sehen und eine erste gemeinsame Sex-Erfahrung gemacht zu haben. So würde er heute ein leichteres Spiel haben. Dass Jasmin nun bereits vor ihm komplett nackt und freizügig durch die Wohnung ging, war der beste Beweis dafür. Er fragte Jasmin, ob er ein Restaurant reservieren solle, doch sie winkte ab. Sie sagte, dass sie alles Nötige eingekauft habe da, sie nicht wollte, dass sie zu oft essen gehen müssten. Das würde Michael nur zu viel Geld kosten und sie wollte auch ihren Beitrag leisten, zumal er auch das Benzin für die Fahrt hierher ausgegeben hatte. Michael war verblüfft. Auch Jasmin schien nicht an seinem Geld interessiert zu sein. Ein Punkt, der nun auch für sie sprach. Er fragte, wo das Bad und ein Duschhandtuch wäre. Jasmin zeigte ihm das Bad und den Schrank mit den Handtüchern. Er ließ die Tür offen, zog sich aus und duschte sich ab. Nachdem er sich abgetrocknet hatte, ging er nackt zu den beiden Frauen. Während Jasmin nackt neben Charlotte stand, war diese immer noch ganz angezogen. Sie probierte gerade einen der Ringe aus Jasmin´s Schmuckdose an. Michael schimpfte mit Jasmin darüber, weshalb sie Charlotte noch nicht ausgezogen habe. Jasmin wurde rot im Gesicht und dann begann sie, Charlotte auszuziehen. Als sie komplett ausgezogen war, verabschiedete sie sich auch ins Bad zum Duschen. Michael nahm Jasmin in den Arm. Er streichelte ihr Gesicht und sagte, dass er glücklich sei, heute hier zu sein. Sie drückte sich an ihn und legte ihren Kopf auf seine Brust. Er spürte ihre massiven Titten auf seiner Haut und merkte wie sein Schwanz leicht steif wurde. Er wollte sich von Jasmin lösen, doch sie hielt in weiterhin fest. Er hob ihren Kopf so, dass er ihr in die Augen sehen konnte. Sie schauten sich lange an. Dann sagte sie, dass sie so gehofft hätte, dass dies alles so passieren würde. Sie nahm seine Hand und führte ihn in die Küche. Er ging zum Kühlschrank und nahm eine Flasche Champagner heraus, während Jasmin die Erdbeeren wusch und in eine Schale bettete. Dann holte sie drei Gläser aus einer Vitrine und die beiden gingen auf die sonnige Terrasse. Charlotte kam aus dem Bad. Sie war komplett nackt und gesellte sich zu den beiden auf die die große Doppelliege, die mitten auf der Terrasse stand. Michael schenkte den Champagner in die Gläser. Jasmin biss von einer Erdbeere ab und trank dann einen Schluck. Den Rest der Erdbeere genoss sie danach genüsslich. Michael nahm eine Erdbeere, machte das Grünzeug am Ende weg und biss vorsichtig in die Erdbeere. Er zog Charlotte zu sich her. Sie biss den anderen Teil ab und sie tranken dann einen Schluck vom Champagner. Nach und nach entwickelte sich daraus ein Spiel und die drei küssten und teilten so die Erdbeeren miteinander. Michael ging in die Küche zurück. Er holte die zweite Flasche Champagner. Als er den Korken knallen ließ, spritze der Champagner auf Jasmin´s große Brüste und lief ihr über die Brustwarzen am Körper nach unten. Michael forderte Charlotte, auf den Champagner von Jasmin´s Brüsten abzulecken. Beschwipst wie sie war, fing sie sofort damit an, während Jasmin, die auch schon gut dabei war ihr mit ihren Händen die großen Brüste hinhielt. Michael beobachtete dieses Treiben, das er sonst nur aus einem Pornofilm kannte, mit großem Genuss. Nachdem Charlotte fertig war, lobte er sie und reichte ihr ein weiteres Glas Champagner. Dann goss er Jasmin´s Glas auch wieder voll. Während er die ganze Zeit über maximal zwei Gläser getrunken hatte, waren die beiden Süßen schon beim fünften Gläschen. Die Sonne, die nach wie vor unermüdlich ihre Strahlen sendete, sorgte neben dem Alkohol für den Rest. Michael stand auf. Er vergewisserte sich, dass man egal wie, nicht die Terrasse einsehen konnte. Jasmin hatte das perfekte Liebesnest, zumindest für den Sommer. Er stellte sich vor die beiden hin und goss sein Glas Champagner über seinen Schwanz. Die beiden wussten ganz genau, was dies zu bedeuten hatte. Charlotte fing an seinen Sack sauber zu lecken, während Jasmin sich seinen Schwanz vornahm. Es ging los. Er zog Jasmin an ihrem Arm nach oben.

Er nahm ihre großen Titten in seine Hände und fing an, ihre die Brustwarzen zu lecken. Dann küsste er an ihrem Hals entlang bis zu ihren Ohren. Seine Zunge verschwand in ihrem Ohr. Sie stöhnte genüsslich auf. Charlotte, die bislang seinen Sack gelutscht hatte, ließ von ihm ab und begann, Jasmin´s Möse zu streicheln. Michael legte Jasmin auf die Liege, damit Charlotte ihre Möse noch besser anfassen konnte. Dann befahl er Charlotte, mit ihren Händen die Schamlippen zu öffnen und die Clit von Jasmin zu lecken. Charlotte zögerte. Michael schlug ihr mit der Hand auf die Pobacke. Es klatsche laut. Charlotte zuckte zusammen. Sie wollte etwas erwidern, doch Michael sprach in einer dominanten Art und Weise zu ihr. Er sagte ihr, dass wenn sie nicht folgen würde, er sie bestrafen würde. Jasmin sah Michael leicht verängstigt an. Er schlug Charlotte nochmals auf den Po. Die Stelle wurde rot. Nun endlich folgte Charlotte und begann Jasmin zu lecken. Michael ging ins Schlafzimmer. Er kam mit einer Packung Kondome zurück. Er streifte sich ein Kondom über und sagte zu Jasmin, dass sie sich umdrehen solle, damit sie Charlotte die Möse lecken würde, während er sie bestrafte. Charlotte zitterte am ganzen Körper. Sie wusste was nun folgen würde. Lust stieg in ihr auf. Während Jasmin sich unter Charlotte schob, hob sie ihren Arsch nach oben. Ihr Kopf lag nun auf Jasmin´s Bauch, während sie mit ihren beiden Händen ihre Arschbacken auseinanderhielt. Michael spukte auf ihr Arschloch und begann dann, seinen Schwanz in ihr Loch zu schieben. Jasmin sah, während sie die Möse von Charlotte leckte wie Michael´s Schwanz in Charlotte Popoloch vögelte. Charlotte stöhnte laut. Ihr Kopf bewegte sich auf Jasmin´s Bauch vor und zurück. Jasmin leckte immer stärker ihre Clit und dann kam Charlotte laut und heftig. Michael, dessen Schwanz im Kondom war, hatte keine Probleme damit. Er war noch nicht soweit. Er war froh, dass er noch genug Power hatte, um nun auch Jasmin zu befriedigen. Er zog seinen Schwanz aus dem Po von Charlotte und streifte sich das Kondom ab. Er stieß seinen Schwanz in die noch immer zuckende Vagina von Charlotte. Sie stöhnte erneut auf. Dann zog er seinen Schwanz heraus ,damit Jasmin diesen sauber lecken konnte. Er drehte Charlotte zur Seite und zog Jasmin zu sich hoch. Er schaute ihr in die Augen. Er sagte ihr, dass sie nun gesehen hätte, was passieren würde, wenn sie unartig sei. Und damit sie gleich lernte, was es bedeuten würde würde er ihr nun eine Lehre erteilen. Er hielt ihr ein neues Kondom hin. Jasmin zitterte am ganzen Körper. Was machte dieser Mann mit ihr? Woher wusste er, auf was sie so abfuhr? Mit ihren zitternden Händen streifte sie ihm das neue Kondom über. In der Zwischenzeit hatte sich Charlotte nun so wie Jasmin vorher hingelegt. Jasmin stieg über sie und legte ihren Kopf auf den Bauch von Charlotte. Ihre riesigen, schweren Brüste rutschten von Charlotte´s Körper, rechts und links, auf die Liege. Michael befahl Jasmin, mit ihren beiden Händen die Arschbacken auseinanderzuhalten. Es war ihm offensichtlich nicht gut genug. Er schlug ihr auf den Po. Schmerz durchdrang Jasmin. Sie wurde noch schärfer davon. Er sagte ihr erneut, sie solle die Arschbacken auseinanderhalten. Er schlug erneut auf die gleiche Stelle. Sie stöhnte auf. Während Charlotte sie leckte, konnte Michael sehen, wie Jasmin der Saft nur so aus der Möse lief. Er griff mit seiner Hand danach und massierte die Flüssigkeit in ihren Anus hinein. Jasmin stöhnte lauter. Michael schlug ihr wieder auf den Po. Er sagte ihr, dass er es entscheiden würde, wann sie zu stöhnen habe. Ihr Körper erzitterte vor Lust. Sie wollte stöhnen, doch fürchtete sich vor der Bestrafung. Dann schob er seinen Schwanz in ihr Arschloch ganz vorsichtig ein. Er wusste, dass er behutsam sein musste, auch wenn er so hart mit ihr umsprang. Langsam begann er, Jasmin in den Arsch zu ficken, während Charlotte ihr die Möse leckte und mit ihrer Zunge die Clit bearbeitete. Jasmin durfte nicht stöhnten. Gedanken schossen ihr durch den Kopf. Wieder und wieder konnte sie es nicht fassen, dass Michael auf irgend eine Weise wusste, dass das was er gerade mit ihr machte, sie absolut scharf machte. Bis jetzt hatte sie es nicht einmal selbst gewusst. Noch nie hatte ein Mann sie so hergenommen. Oft hatte sie davon geträumt und nun wurde es Wirklichkeit. Sie bebte immer mehr. Die Tatsache, dass es ihr nicht erlaubt war, zu stöhnen machte sie nur noch williger. Aber das immer lautere und heftigere Atmen verrieten sie. Sie war kurz davor zu kommen. Als sie fast soweit war, zog Michael seinen Schwanz heraus, zog das Kondom ab und rammte seinen Schwanz in ihre Möse. Nun schrie sie vor Lust auf. Er begann, sie wie wild zu ficken. Er spürte, wie seine Eier über Charlotte´s Nase hin und her rutschen, während sie die Clit von Jasmin bearbeitete. Jasmin ´s Möse zuckte und vibrierte. Dann kam sie laut und heftig stöhnend zum Orgasmus. Mösensaft spritze aus ihr heraus und machte Charlottes Gesicht regelrecht nass. Das war zu viel für ihn. Er hatte es der Frau so richtig besorgt. Es machte ihn so geil, dass er nun selbst laut anfing zu stöhnen, während er seinen Saft ungehindert in Jasmin spritzte. Sein Schwanz pulsierte mehrere Male. Seine Eier fingen an zu schmerzen. Er hatte vermutlich einen so starken Orgasmus, dass sein ganzes Sperma dabei draufgegangen war. Er genoss dieses Gefühl. Jasmin sackte auf Charlotte zusammen. Sie zitterte am ganzen Körper. Michael legte sie behutsam zur Seite. Dann hob er Charlotte hoch, um sie mit dem Kopf nach oben auf die Liege zu betten. Er stieg über Charlotte und legte sich zwischen die beiden Frauen. Er spürte, wie die Frauen sich an ihn kuschelten. Er spürte, wie beide sich regelrecht an ihn drückten. Er fühlte die großen Brüste der beiden auf sich. Sie blieben eine Weile so liegen. Michael setzte sich auf. Er sorgte für Champagner-Nachschub in den Gläsern. Alle drei tranken ihr Glas ziemlich schnell leer. Die Hitze und die Sonne machte allen nun zu schaffen. Michael stand auf. Er ging um die Liege herum. Er nahm Jasmin in seine Arme und trug sie nach innen ins Schlafzimmer, wo er sie behutsam aufs Bett legte. Sie wollte ihn nicht loslassen. Sie küssten sich lange und innig. Sie sagte ihm, dass sie sich total in ihn verliebt habe. Er streichelte ihr über den Kopf und sagte ihr, dass es ihm genauso mit ihr ging. Sie strahlte ihn an. Er ging zurück auf die Terrasse. Er hob nun auch Charlotte mit seinen starken Armen hoch und trug sie nach innen. Er legte sie aufs Bett und schob sie zu Jasmin hin. Jasmin umarmte Charlotte in der Löffelchenstellung. Michael deckte beide zu und legte sich auf die Couch, die vor dem Bett stand.

Zerbrechlichkeit

Michael wachte auf. Er musste eingeschlafen sein. Der Vollmond ließ sein Licht durch die Türe der Terrasse leuchten. Er bemerkte, dass er bis zum Bauch zugedeckt war. Dann hörte er ein Rascheln auf dem Bett neben sich. Er sah, wie Jasmin, die noch eng umschlungen mit Charlotte im Bett lag, sich bewegte und aus der Umarmung löste. Es war ein Bild für Götter. Zu schade, dass er keinen Photoapparat hatte. Das wäre ein extrem erotisches Bild geworden. Er fühlte seinen Schwanz sich sofort regen. Er blieb liegen und tat so, als ob er schlief. Er beobachtete Jasmin. Sie streichelte Charlotte zärtlich über den Kopf. Dann küsste sie ihre Stirn. Charlotte murmelte ihr schlaftrunken zu, dass sie nicht weggehen solle. Jasmin stand vorsichtig auf. Ihm wurde klar, dass die beiden Frauen sich ineinander verliebt hatten. Ihm wurde auch klar, dass er der Hahn im Korb war. Er musste sich etwas einfallen lassen, wie er sicherstellen würde, dass nun auch Jasmin ihm hörig sein würde und er diesen gemeinsamen Sex mit den beiden Frauen noch sehr lange genießen konnte. Welchem Mann würde dies nicht gefallen? Jasmin kam an der Couch vorbei. Er hielt die Augen geschlossen. Er spürte, wie sie sich zu ihm runter beugte. Sie roch trotz des ganzen gemeinsamen Sex am Abend, bei dem sie alle von der Hitze mehr als nur geschwitzt hatten, immer noch extrem gut. Er mochte ihren süßlichen Duft, den sie ausströmte. Ihre Brustwarzen berührten seinen Oberkörper, während sie ihm nun auch einen Kuss auf die Stirn gab. Dann deckte sie ihn zu. Als sie in Richtung Tür ging, öffnete er die Augen und konnte sie rausgehen sehen. Zum ersten Mal betrachtete er sie in Ruhe. Ihre schönen Schamlippen warfen einen angenehmen Schatten zwischen ihrem knackigen kleinen Po. Ihre großen Brüste wackelten deutlich, seitlich am Körper links und rechts nach außen. Er war total fasziniert. Aber da war noch etwas anderes. Er merkte, dass sie in etwa die gleiche Statur wir Charlotte hatte. Sie war genauso zierlich wie sie. Dies wurde ihm erst jetzt bewusst. Sie musste im Inneren genauso zerbrechlich sein wie Charlotte. Sein Kopf drehte sich. Er bemerkte, dass er extrem starke Gefühle für Jasmin entwickelt hatte. Würde er zum Schluss zwischen zwei Frauen wählen müssen? Sie ging raus. Er lauschte, was dort draußen vor sich ging. Er konnte Charlotte schlafen hören. Sie schlief tief und fest. Sie hatte es sich verdient. Der Sex, den die drei an diesem Abend gehabt hatten, war unbeschreiblich gewesen. Charlotte wie auch Jasmin hatten heftigste Orgasmen gehabt. Und er erst. Er entschied aufzustehen und zu sehen was los war. Es war zu ruhig da draußen. Er ging leise zur Tür. Er sah Jasmin nackt mit dem Rücken am Geländer stehen und in den Himmel schaute. Er konnte sehen, dass Tränen ihr die Wangen runterliefen. Da stand er nun, nackt in der Tür und überlegte, was er tun solle. Er entschied sich hinzugehen, um zu sehen was los war. Als sie bemerkte, dass er kam, wischte sie sich die Tränen aus dem Gesicht und versuchte zu lachen. Er nahm sie in den Arm. Ihre nackten Körper berührten sich. Wohlige Wärme stieg in Jasmin auf. Die kalte Luft, die sie bisher umweht hatte, war vergessen. Sie spürte die starken Arme von Michael, die sie hielten. Tränen kullerten ihr wieder aus den Augen. Er nahm ihr Gesicht in die Hand und küsste ihr die Tränen weg. Wie romantisch er war. Er schaute ihr in die Augen und fragte was los sei. Ein Kloß steckte ihr im Hals. Er sprach weiter sanft auf sie ein. Sie könne ihm vertrauen, sie solle sich bei ihm geborgen fühlen. Langsam begann sie zu sprechen. Sie beschrieb ihm, dass sie sich in Charlotte verliebt hatte aber wusste, dass Charlotte sich letztlich, weil sie Kinder wollte, sich für ihn entscheiden würde. Aber das war nicht alles. Sie hatte sich auch in ihn, Michael, total verliebt. Noch nie war sie bisher so verliebt in einen Mann gewesen. Sie war total vernarrt in die beiden. Sie habe so etwas noch nie gespürt. Diese gemeinsame Liebe unter ihnen. Sie schluchzte laut auf und sagte, dass sie die beiden nicht verlieren wolle.

Michael verstand nun was los war. Er nahm erneut ihr Gesicht in seine Hände und küsste ihre Tränen wieder weg. Sie durchlief ein wohliges Gefühl. Dieser Mann war genauso, wie Charlotte ihn beschrieben hatte. Sie fühlte sich wohl und geborgen. Sie bemerkte, dass Michael auch für sie der Traummann sein könnte. Mit einem Rück spürte sie, wie er mit einer Hand ihre beiden Beine hochhob, während er mit der anderen Hand sie am Rücken auffing. Er trug sie zu der großen überdachten Couch und legte sie sanft hin, nahm eine Decke, und deckte sie zu. Er setzte sich neben sie und streichelte ihren Kopf. Sie schaute ihn an. Er sagte ihr, dass er genau verstanden habe, was sie gesagt hatte und dass auch er intensive Gefühle für sie hege. Er sagte ihr, dass auch er zwischen ihr und Charlotte hin- und hergerissen war. Sie schaute ihn mit großen Augen und offenem Mund an. Er strich ihr über ihr Gesicht und küsste sie auf ihren offenen Mund. Sie spürte seine Zunge für einen kurzen Moment auf ihren Lippen. Sie war leicht erregt. Dann sagte er ihr, dass er sich etwas überlegen würde, wie man das alles lösen könnte. Sie solle sich nicht weiter traurig sein, sondern im vertrauen. Er würde eine Lösung finden. Noch einmal küsste er sie. Er wollte aufstehen und gehen, als sie die Decke hochhob und ihn bat, sich zu ihm zu legen. Michael zögerte kurz. Er war müde und wollte schlafen. Andererseits konnte er ihr das Angebot, mit ihr nackt hier zu liegen nicht ausschlagen. Sie würde erneut heulen und sich alleine gelassen fühlen. Er legte sich zu ihr. Sie schmiegte sich an ihn heran. Sie fing wieder an zu heulen. Er tröstete sie. Langsam zog er sie immer näher zu sich, damit sich sich noch mehr geborgen fühlte. Er spürte, dass es nichts half. Er entschied, dass sie sich ganz auf ihn legen und sich ganz fest an ihn klammern solle. Sie tat, was er ihr sagte. Er spürte ihren nackten Körper auf sich. Er fühlte, wie ihr Herz klopfte. Ihre Brüste hingen rechts und links seitlich an seinem Oberkörper herunter. Er genoss dieses Gefühl. Noch nie hatte er es mit einer Frau zu tun gehabt, die so massiv große Brüste hatte.

Dies gefiel im sehr und machte ihn total an. Er spürte, wie sein Schwanz hart wurde. Jasmin lag so, dass sie merken musste, wie sein Schwanz an ihrer Türe anklopfte. Sie fing an sich zu bewegen, weiterhin mit ihren Armen um ihn geklammert daliegend, einen Weg zu finden das der Schwanz von alleine in sie eindringen würde. Sie wurde feucht. Sie hob ihren Kopf und schaute Michael in die Augen. Sie spürte, wie sein Schwanz ihre Schamlippen auseinander schob. Sie spürte, wie seine Vorhaut nach hinten zurück wich und seine Eichel preisgab, die nun an ihrem Loch spielte. Sie wollte sich aufsetzen, damit er in sie langsam eindringen konnte. Doch er ließ sie nicht. Sie wurde noch geiler. Mit einer Hand streichelte er ihr nun das Gesicht. Sie schaute ihn an. Dann fing er an zu sprechen. Sie musste ihm versprechen, dass sie von nun an nur noch mit ihm und Charlotte Sex haben würde und mit keiner anderen Frau außer Charlotte und mit keinem anderen Mann außer ihm schlafen würde. Erneut kullerten ihr Tränen übers Gesicht. Sie schaute ihn an und nickte. Michael ließ nicht locker. Mit seinem Schwanz rieb er ihr Loch. Sie stöhnte. Dann fragte er sie erneut, ob sie verstanden habe ,was dies bedeuten würde. Sie würde ab sofort nur noch seinen Schwanz anfassen dürfen. Nur noch sein Schwanz würde von ihrer Zunge im Mund geleckt werden, nur noch sein Schwanz würde sie in ihre nasse Möse und in ihr Arschloch ficken. Er wollte wissen, ob ihr das reichen würde. Er wollte wissen, ob sie ihm hörig sein würde und alles was er von ihr verlangte, tun würde. Sie schaute ihm in die Augen. Dann sagte sie ihm, dass sie nur noch ihm und Charlotte gehören würde und dass sie alles, was er ihr sagen würde, tun würde. Sie zitterte am ganzen Körper. Er wusste, dass er nun die beiden Frauen in der Hand hatte. Er stieß seinen Schwanz in ihr Loch. Sie stöhnte laut auf. Er betrachtete es als seine Belohnung für die Mühen, die er in den letzten Tagen deshalb gehabt hatte. Dann nahm er mit seiner Hand ihren Kopf und legte ihn auf seine Brust. Mit langsamen Bewegungen liebten sie sich.

Er schob und zog seinen Schwanz langsam hinein und heraus. Er spürte, wie sie es genoss, mit ihm alleine hier zu liegen und von ihm gefickt zu werden. Sie begann, langsam immer heftiger zu atmen. Ihre Möse fing an zu vibrieren. Michael spürte, wie sein Schwanz größer wurde. Jasmin erregte dieses Gefühl ungemein. Seine Bewegungen blieben konstant. Sie rieb ihre Clit immer fester an seinen kurz rasierten Haaren, während sein Schwanz sie kontinuierlich mit gleichbleibender Geschwindigkeit vögelte. Es dauerte keine fünf Minuten, bis sie beide so zusammen zum Orgasmus kamen. Jasmin klammerte sich total an ihm fest und stöhnte ihren Orgasmus auf seine Brust. Er spürte wie ihr Herz raste, während er seinen Saft in sie hineinpumpte. Sie blieben so liegen. Sein Schwanz steckte fest in ihrer Möse. Er streichelte sie am Kopf und am Rücken. Er bemerkte, wie sie langsam einschlief. Als ihr Atem ruhiger wurde, löste er sich aus ihrer Umklammerung. Er drehte sie zur Seite. Sie lag friedlich schlafend im Mondlicht vor ihm. Er schaute sie an. Sie hatte einen wunderschönen Köper. Dann hob er sie mit beiden Armen hoch. Er trug sie in Richtung Schlafzimmer. Er bemerkte, wie sein Sperma vermischt mit ihrem Muschisaft, aus ihrer Vagina auf die Terrasse tropfte. Ihm gefiel das. Er markierte so sein Revier endgültig. Als er im Schlafzimmer angekommen war, legte er Jasmin auf das Bett. Er ging zu Charlotte auf die andere Seite des Betts und zog sie leicht zur Seite. Dann legte er sich zwischen die beiden Frauen und deckte alle mit der großen Decke zu. Anschließend drehte er jede seiner beiden Süßen zu ihm hin, so dass sie mit ihren Brüsten an seinem Körper lagen. Er dachte, was für ein gerissener Hund er doch war. Er lachte innerlich. Dann schlief er ein.

In der Stadt

Charlotte wachte auf. Sie spürte den harten, leicht muskulösen Körper von Michael an ihr. Sie war überrascht. Sie war ja doch mit Jasmin eingeschlafen und Michael hatte auf der Coach gelegen, wo sie ihn liebevoll zugedeckt hatte, als sie kurz aufgewacht und auf der Toilette war. Sie öffnete ihre Augen. Sie blickte direkt in Jasmins Gesicht, die wohl auch schon wach war und ebenfalls neben Michael lag. Sie bemerkte, wie Jasmin die Brust von Michael streichelte. Die beiden Frauen schauten sich an und lächelten. Sie waren beide mit ein und dem selben Mann im Bett. Gleichwohl Charlotte Michael letztlich für sich alleine haben wollte, war sie für den Moment damit einverstanden wie es war. Sie wollte sich aufsetzen, als sie Michaels Arm spürte der sie wieder runterzog. Er sagte Guten Morgen zu den beiden. Er küsste erst Charlotte und dann Jasmin kurz auf den Mund. Er sagte, dass er heute mit den beiden etwas ganz besonderes vorhaben würde und dass sie sich darauf freuen könnten. Doch bevor es soweit war, befahl er, dass die beiden Frauen zusammen ins Bad gehen sollten. Sie sollten sich zusammen duschen und sich gegenseitig am ganzen Körper und er meinte wirklich am ganzen Körper, die Haare wegrasieren. Damit es klar wurde, was er wollte, sagte er es nochmals im Detail. Er wollte, dass zuerst Charlotte Jasmin die Beine, die Arme, den Rücken, egal, ob dort Haare seien oder nicht, den Po und auch die Poritze und zum Schluss auch die Möse rasieren würde. Sie habe die Reihenfolge, was rasiert werden musste, genau einzuhalten. Danach solle sie Jasmin komplett einseifen und dann abduschen, bevor dann Jasmin das gleiche mit Charlotte tun würde. Wenn sie damit fertig wären, sollten sie auf die Terrasse kommen und das getane Werk vorstellen. Er fragte sie hart, ob sie verstanden hatten, was sie zu tun hatten. Er wollte ein „Ja" von jeder der beiden Frauen bekommen. Und einen weiteren Kuss, bevor sie ins Bad verschwinden würden. Die beiden bestätigen, dass sie verstanden hatten und küssten ihn dann jede für sich kurz auf den Mund. Dann standen die beiden Frauen kichernd auf und verschwanden im Bad. Michael war zufrieden. Sie waren im hörig geworden. Genauso, wie er es sich ausgemalt hatte. Er stand auf und ging auf die Terrasse. Er legte sich auf eine der Liegen in die morgendliche Sonne und genoss die Wärme auf seinem Körper. Während er mit geschlossenen Augen dalag, hörte er das Brausen der Dusche und immer wieder ein Kichern. Dann vernahm er immer wieder ein leichtes Stöhnen von Jasmin. Schließlich hörte er sie sagen, dass Charlotte sie schneller und fester lecken sollte. Er hörte, wie sie laut einen Orgasmus bekam. Er war gespannt, ob mit Charlotte das gleiche passieren würde. Eine ganze Zeit lang vernahm er außer dem Plätschern der Dusche keine Laute. Dann plötzlich, er hatte es schon fast aufgegeben, hörte er, wie Charlotte zu stöhnen begann. Sie wurde immer lauter. Sie schrie fast auf als sie kam. Immer wieder hörte er sie sagen, „Ja, ja, ja, oh Gott, ja, ja, leck mich weiter, oh ja, ja" und dann stöhnte sie heftig, als der Orgasmus ihren Körper durchlief. Die beiden Frauen kicherten wieder. Die Dusche lief noch eine Weile. Michael hörte, wie die beiden miteinander sprachen und sich abtrockneten. Dann kamen sie auf die Terrasse und stellen sich vor ihm hin. Er stand auf. Dann sagte er, dass sie sich umdrehen sollten. Er streichelte mit seiner Hand jeder einzeln über den Rücken, über die Popbacken. Er griff jeder an die Möse und berührte ihre Arme und Beine. Er stand vor ihnen und schob dann nochmals jeweils eine Hand gleichzeitig zwischen ihre Schamlippen. Er war zufrieden und bestätigte beiden Frauen, dass sie es genauso hinbekommen hätten wie er es erwartet hätte. In Zukunft sollten sie alle beide sicherstellen, dass sie immer so rasiert sind. Die beiden Frauen schauten sich an und kicherten, gleichwohl ihnen beiden bewusst war, dass sie es von nun an so für ihn jederzeit und täglich zu tun hatten. Michael nahm jeweils eine Hand der Frauen und zog die beiden hinüber zur überdachten Couch. Sie legten sich hin. Er lag zwischen ihnen. Er forderte sie auf, zusammen seinen Schwanz wach zu lutschen. Das ließen sich die beiden nicht zweimal sagen. Während Jasmin sich am Sack zu schaffen machte, nahm Charlotte sich den noch kleinen Schwanz vor, der langsam aber sicher aufzuwachen begann. Dann wechselten sie sich ab. Als sein Schwanz fast hart geworden, war begannen sie beide, mit ihren Zungen seine Eichel zu lecken. Immer wieder berührten sich ihre Zungen. Er konnte sehen, wie die Frauen es genossen und gleichzeitig fast regelrecht um seinen Schwanz kämpfen. So war es gut. So musste es sein. Dann nahm Jasmin sich mit einer Hand seinen Schwanz, um mit der anderen Hand ihre Schamlippen auseinander zu drücken, während sie sich langsam auf ihn setzend, seinen Schwanz in ihre Möse steckte. Charlotte beobachtete sie neidisch. Nachdem Jasmin einige Male so auf Michael geritten war, stieg sie ab und machte Charlotte Platz. Charlotte leckte Michaels Schwanz genüsslich von Jasmins Muschi-Honig sauber, bevor sie sich das harte Teil in die eigene Möse steckte. Sie stöhnte auf, während sie so auf Michael langsam zu reiten begann. Jasmin fing an, Charlottes Brüste zu streicheln und zu liebkosen. Charlotte atmete lauter. Dann stieg sie ab, um erneut nun für Jasmin den Schwanz freizugeben. Michael lag da und genoss die ganze Sache. Während nun Jasmin ihn fickte, schaute er auf die großen baumelnden Melonen von Jasmin. Charlotte fing an Jasmin 's Möse zu reiben, während sie auf Michael ritt. Jasmin stieß immer wieder spitze Töne aus. Michael drückte sich mit den Armen hoch. Er nahm Jasmin von seinem Schwanz herunter und erklärte den beiden wild gewordenen Weibern, dass sie sich auf der Couch so zu drehen hatten, dass er ihre Mösen von hinten ficken konnte. Die beiden Frauen drehten sich um, hoben ihre Hinterteile in die Höhe, während sie mit ihrem Oberkörper auf ihren Brüsten auf der Couch lagen und sich gegenseitig ansahen. Charlotte zog Jasmin zu sich her und begann, ihr einen Zungenkuss zu geben.

Michael steckte seinen Schwanz in Charlottes Loch und begann sie von hinten zu nehmen. Er stieß fest und kräftig zu. Nach einigen Stößen zog er seinen Schwanz raus und bewegte seinen Körper leicht nach rechts, um seinen Schwanz dann genau so heftig und stark in Jasmin zu stoßen. Er vögelte die Frauen abwechselnd sicherlich einige Minuten lang so weiter. Die Frauen stöhnten abwechselnd. Dieses Mal war es ihm egal, ob sie kommen würden. Jetzt war er dran. Sie hatten ihren Spaß in der Dusche gehabt. Ihm kam in den Sinn, dass er gerne einen Orgasmus bekommen würde, wenn er gleichzeitig in beiden Frauen wäre. Er bemerkte, dass dies nicht möglich war. Er entschloss sich deshalb, einen anderen Weg zu gehen, wie er sein Revier nun erneut markieren würde. Er spürte, dass es ihm langsam aber sicher kommen würde. Er schob seinen Schwanz wieder in Jasmin. Er vögelte so lange weiter, bis er fühlte, wie der erste Strahl mit seinem Sperma aus seinem Schwanz geschleudert wurde. Er stöhnte laut auf. Blitzschnell zog er seinen Schwanz aus Jasmin und führte in Charlotte ein und schoß seine zweite Ladung in sie. Auch die dritte Ladung ließ er genüsslich in Charlotte spritzen. Dann zog er seinen Schwanz wieder heraus und steckte ihn erneut, so tief es ging, in Jasmins nasses Loch hinein. Er ließ den Rest von seinem Sperma in Jasmin hineinlaufen, während er er sich erschöpft auf ihren weichen, einladenden, gut riechenden Körper legte. Er spürte seine Lenden, die sich auf ihren festen Po drückten. Charlotte kuschelte sich zu den beiden hin. Nach kurzer Pause zog er seinen Schwanz aus Jasmin heraus und befahl den beiden Frauen, seinen Schwanz sauber zu lecken. Er ging einen Schritt zurück, sodass sie beide sich an den Rand der Couch setzen mussten, um seinen Schwanz zu erreichen. Während sie den Schwanz leckten, nahm Jasmin sein Teil immer wieder in ihren Mund und zog daran. Sie wollte die letzten süßen Tropfen aus seiner Harnröhre haben. Michael beobachtete, wie sein Samen aus den Mösen der beiden Frauen auf den Boden tropfte. Charlotte griff sich zwischen die Beine, um mit ihrer Hand das Sperma aufzufangen und fing an, damit die Möse von Jasmin einzureiben. Jasmin ließ nicht lange auf sich warten und drückte Charlotte zurück auf die Couch, damit sie den Rest aus ihrem Loch lecken konnte. Michael war sprachlos. In seinen kühnsten Träumen hätte er nie geglaubt, dass er jemals so etwas erleben würde. Und nun stand er da und traute seinen Augen kaum. Er fühlte sich wie ein richtiger Mann. Er beobachte noch eine Weile, wie die beiden Frauen sich gegenseitig die Mösen leckten. Dann forderte er sie auf, ihm ins Bad zu folgen und ihn dort zu duschen und zu rasieren. Die beiden standen auf und liefen im hinterher ins Bad. Michael stieg in die Badewanne. Jasmin holte einen Rasierer, während Michael Charlotte einen Zungenkuss gab. Die beiden Frauen hielten seinen Schwanz abwechselnd fest, während eine der beiden in dieser Zeit seinen Sack und Schwanz glattrasierten. Er sagte zu Charlotte, dass sie sich duschen sollte. Sie verschwand in der Duschkabine. Jasmin stieg zu ihm in die Badewanne und sie seiften sich gegenseitig ein. Michael bemerkte, dass er sich massiv in beide Frauen verliebt hatte. Er genoss jede der beiden Frauen sehr. Besonders gefiel ihm die weiche Haut der beiden Frauen, wenn sie nach dem Sex zusammen einschliefen. Er duschte Jasmin ab. Dann war sie daran. Sie rieb den Schaum auf seinem Körper. Sie schob ihre Hand zwischen seine Arschbacken und wusch ihn auch dort sauber. Er grunzte zufrieden. Charlotte kam aus der Dusche und sie trockneten sich gegenseitig alle miteinander ab. Jasmin sagte zu Charlotte, dass sie beide in die Küche gehen würden, um Frühstück zu machen. Michael ging zurück auf die Terrasse und legte sich wieder in die Sonne. Er genoss es hier zu sein. Die Wohnung von Jasmin war einmalig. Seit sie gestern angekommen waren, hatte bislang niemand ein Kleidungsstück am Körper getragen. Sie waren hier vollkommen ungestört. Es war ein richtiges Liebesnest. Charlotte kam auf ihre Kosten, weil sie sich ihm und Jasmin die ganze Zeit nackt zeigen konnte, was ihr wiederum regelmäßig eine nasse Möse bescherte. Michael genoss es, die großen Titten von Jasmin wann immer er wollte anzusehen. Und die beiden Frauen waren glücklich, ihren Michael und seinen Schwanz, wann immer sie wollten, zu berühren. Michael schaute sich um. Ihm gefiel der Einrichtungsstil von Jasmin deutlich besser als der von Charlotte. Welche der Frauen würde er letztlich wählen? Beide hatten ihm gestanden, dass sie sich in ihn verliebt hatten. Er dachte nach. Ihm würde schon eine Lösung einfallen. Charlotte kam zu ihm. Sie zog ihn hoch. Sie umarmte ihn fest und sagte, dass sie ihn liebe. Er bejahte dies ebenso und sie gingen beide zum Tisch, wo Jasmin gerade Kaffee eingoss. Nun kam auch Jasmin zu ihm und umarmte ihn. Sie musste wohl gesehen und gehört haben wie Charlotte Michael umarmt und ihm auf der Terrasse „Ich liebe dich" gesagt hatte. Jasmin küsste Michael auf den Mund. Dann sah sie ihm in die Augen und gestand ihm vor Charlotte auch, dass sie sich sehr in ihn verliebt hatte. Michael schaute beide Frauen an. Er sagte Jasmin, wie sehr auch er sich in sie verliebt hatte. Er zog Charlotte zu den beiden hin und streichelte sanft über den Po, während er auch ihr nochmals sagte, wie massiv er sich in sie verliebt hätte. Er hielt beide Frauen einige Minuten fest umarmt an sich gedrückt. Er spürte ihre warmen Körper und ihre weichen Haut auf sich. Er genoss den weiblichen Duft, den die beiden ausstrahlten. Er bemerkte, wie sich die beiden Frauen ansahen und sich an der Hand festhielten. Er löste die Umarmung und sie setzten sich an den Tisch zum Frühstücken. Michael begann den beiden zu erzählen, wie und wo er aufgewachsen war. Es tat gut das Thema zu wechseln. Nach und nach erzählten dann auch Jasmin und Charlotte über ihre Herkunft. Nach dem Frühstück ging er wieder hinaus, während die beiden Frauen die Küche aufräumten. Er kam zurück und erklärte den beiden, dass sie ohne ihn zusammen shoppen gehen sollten. Er wollte, dass sie sich sehr kurze Röcke kaufen würden damit er sie am Abend zum Essen ausführen könne.

Die beiden Frauen schauten sich, wsuschig von diesem Gedanken, verzückt an. Er hatte jedoch eine Bedingung. Sie würden beide ohne Höschen sein. Jasmin schaute Charlotte an und beide lachten. Charlotte sagte, er würde sich wundern, wie knapp die Röcke sein würden. Er gab ihnen seine Kreditkarte. Die beiden gingen ins Schlafzimmer und zogen sich an. Nach einiger Zeit kamen sie gut gestylt auf die Terrasse heraus. Sie fragten, ob Michael sicher war, dass er nicht mitkommen wolle, aber er verneinte. Sie sollten ruhig mal ohne ihn losziehen. Als sie gegangen waren, schaute er von der Terrasse nach unten auf die Straße. Erst jetzt bemerkte er, dass dies eine Einkaufspassage sein musste. Es waren bereits jede Menge Menschen unterwegs. Nach kurzer Zeit sah er die beiden aus dem Haus kommen. Händchen haltend gingen sie die Straße entlang, wo er sie dann in der Menschenmenge irgendwann aus den Augen verlor.

Er ging ins Schlafzimmer und nahm den Ring, den Charlotte sich gestern Abend angesteckt hatte, um zu sehen, ob er ihr auch passen würde. Er zog sich an. Jasmin hatte ihm einen Zweitschlüssel für alle Fälle dagelassen. Er verließ die Wohnung. Bewusst ging er in die andere Richtung als die beiden eingeschlagen hatten. Nach kurzer Zeit kam er zu einem Info-Point. Er fragte, wo der beste Juwelier der Stadt sein Geschäft habe. Es stellte sich heraus, dass er Glück gehabt hatte, in der richtigen Richtung unterwegs zu sein. Zwei Straßen weiter war bereits das Geschäft. Er betrat den Laden. Eine Verkäuferin kam auf ihn zu. Sie musste so um die 40 Jahre alt sein. Nicht sein Typ, aber sehr sympathisch. Sie fragte, wonach er suchen würde. Er sagte, nach schönen breiten Eheringen. Sie gingen zusammen zu einem Pult. Die Frau zog eine Schublade auf und er konnte die große Auswahl an Ringen bestaunen. Er suchte nach einem Ring, der aus drei verschiedenen Metallen war. Schnell wurde er fündig. Die Verkäuferin fragte, wer denn wohl die Glückliche sein würde und ob sie hier aus der Stadt wäre. Er erklärte ihr, dass er auf der Durchreise war und einen Ring für seine beiden Freundinnen suchte. Sie schaute ihn mit großen Augen an und wurde rot im Gesicht. Ihm war das egal. Er hatte ein ganz bestimmtes Ziel im Auge. Er überlegte kurz, ob er das Design, in dem die drei Metalle wie Schnüre ineinander gewickelt waren oder ob er die flach gepresste Version nehmen sollte. Die Verkäuferin indes versuchte ihn zu beraten. Sie sagte, dass er in den flachen Ring eine Botschaft gravieren lassen könnte. Das war es. Das war die zündende Idee. Jetzt fiel es ihm wie Schuppen von den Augen. So würde er die beiden Frauen für immer an sich binden. Er wählte den Ring, bei dem die drei verschiedenen Metalle nebeneinander gepresst verliefen. Die Verkäuferin sagte, dass es eine schöne Wahl sei, zumal er auch für drei kaufte. Sie sagte ihm, dass die Materialien Platin, Rot- und Gelbgold wären. Er zeigte ihr den Ring von Jasmin, damit die Verkäuferin den Ringdurchmesser ermitteln konnte. Er wollte wissen, ob sie davon zwei Stück in dieser und ein Stück in seiner Größe dahaben würde. Die Frau entschuldigte sich für einen Moment. Dann kam sie wieder. Sie lächelte ihn an. Er bemerkte, dass ihr wohl tausend Gedanken, wie er es mit zwei Frauen richtig heftig im Bett trieb, durch den Kopf gehen mussten. Er lächelte innerlich. „Sie haben Glück", sagte sie. „Wir haben alle drei Ringe da". Michael sagte, wenn sie die Gravur sofort erledigen würden, könne er warten und er würde die Ringe dann sofort kaufen. Andernfalls müsse er zu einem anderen Geschäft gehen, da er die Ringe noch heute brauche. Die Frau verschwand erneut nach hinten. Sie kam mit einem Mann zurück. Er schien der Inhaber zu sein. Er schaute Michael an und fragte ihn, ob ihm klar wäre, dass die drei Ringe knapp 3.000,- Euro kosten würden. Michael lachte ihn an und zog seine schwarze Kreditkarte aus dem Geldbeutel. Der Mann lächelte und sagte zu der Verkäuferin, sie solle umgehend den Text notieren, damit sie die Gravur vornehmen konnten. Michael überlegte kurz, was er gravieren lassen wollte. Die Verkäuferin gab ihm einen Block.

Michael schrieb:

„Wir lieben uns solange wir leben -
Charlotte, Jasmin und Michael"

Als Michael das Geschäft verließ, schaute er genau, ob seine
beiden Mädels irgendwo waren und ihn sehen konnten.
Nachdem er sich vergewissert hatte, dass dies nicht der Fall
war, ging er zurück zur Wohnung. Er nahm die Ringe aus
der Schachtel und betrachtete sie noch einmal. Die Frauen
würden beeindruckt sein. Er ging zur überdachten Coach
und versteckte die Schachtel so, dass, egal was passieren
würde, sie nicht gefunden werden würden, außer von ihm. Er
ging zurück ins Schlafzimmer und legte Jasmins Ring zurück
in ihr Schmuckkästchen. Dann zog er sich wieder aus. Es war
schon wieder sicherlich über 35 °C im Apartment. Er
beschloss, sich im Schlafzimmer ins Bett zu legen und hier
eine Weile zu schlafen. Er war müde. Zwei Frauen zu bumsen
kostete viel Kraft, dachte er. Aber es ist einfach geil. Er
schlief ein.
Charlotte genoss die Blicke der Männer und Frauen,
während sie mit Jasmin Händchen haltend durch die
Einkaufspassage schlenderte. Was Michael nicht wusste war,
dass beide Frauen bereits jetzt ohne Höschen unterwegs
waren. Charlotte hatte diese Idee gehabt und Jasmin war
sofort darauf angesprungen. Beide trugen eine Bluse und
einen BH. Die großen Brüste spazieren zu tragen, war doch
letztlich eine Strapaze. Und wenn Michael es heute Abend
verlangen würde, das sie ohne BH auszugehen hätten, so wäre
dies dann genug Erotik für einen weiteren Kick. Sie schauten
in verschiedene Geschäfte, fanden jedoch nirgends etwas, das
kurz aber doch lang genug war, um ihre glatt rasierten und
deutlich hervorstehenden   Schamlippen zu verdecken und
doch zu zeigen. Die beiden wollten schon aufgeben, als
Jasmin in einem kleinen Geschäft um die Ecke das vielleicht
passenden Kostüm sah. Sie blieben vor dem Schaufenster

stehen. Charlotte betrachtete mit Jasmin das Kostüm. Es war dunkelrot, ärmellos und weit an den Seiten ausgeschnitten. Am Rücken war es offen. Lediglich die große Stoffschleife, mit der das Kostüm am Hals zusammengebunden wurde, verdeckte die Schulterblätter. Vorne war das Kostüm eng, die weibliche Figur betonend, geformt. Mit anderen Worten, es war an den Stellen, wo ihre Brüste waren, gewölbt, ansonsten würde es komplett eng am Bauch anliegen. Das Kostüm ging der Schaufensterpuppe etwas mehr als über die Oberschenkel. Es sah nicht zu nuttig aus. Im Gegenteil. Es war wohl etwas zu elegant für das, was sie vorhatten. Jasmin meinte, es sehe wie ein Cocktail-Kleid aus. Egal wie, Jasmin war der Meinung, es sei einen Versuch wert. Sie gingen in das Geschäft. Der Verkäufer war ein junger Mann, etwa 30 Jahre alt. Er hatte nur noch ein Kleid im Regal. Er musste das andere von der Puppe abbauen. Sie hatten Glück. Beide Kostüme hatten Größe M. Der Verkäufer ging zurück zur Kasse, wo er andere Kunden bediente. Charlotte und Jasmin verschwanden zusammen in der Umkleide. Charlotte half Jasmin aus dem stabilen BH. Sie zogen sich die Kostüme an. Es war kaum zu glauben. Der Stoff war wirklich angenehm auf der Haut zu tragen und dehnbar. Er schmiegte sich, wie eine zweite Haut, an ihre Körper an. Ein BH war für beide Frauen nicht notwendig. Jasmins Brüste drückten regelrecht das Kostüm im Brustbereich ans Limit, schmiegte sich aber darunter an ihrem Bauch wieder perfekt an. Charlottes Brüste fanden angenehm darin Platz, gleichwohl jeder, der sie so sehen würde, sofort erkennen würde, dass sie beide vollbusig waren. Dadurch, dass der Stoff so weich und anschmiegsam war, bemerkte Jasmin, konnte man ihre mittlerweile hart gewordenen Brustwarzen durchsehen. Jasmin ging aus der Kabine. Charlotte folgte ihr, einige Schritte Abstand lassend. Mittlerweile waren sie mit dem Verkäufer alleine. Jasmin sah sich im Spiegel genau an. Sie traute ihren Augen kaum. Das Kleid hatte vorne in der Mitte einen 5 cm langen Schlitz. Vermutlich, damit das Kleid nicht reißen würde, wenn man in die Hocke ging. Doch dieser Schlitz gab den Blick, wenn sie ging, auf ihre langen Schamlippen frei. Sie wurde erregt. Es gab ihr einen Kick. Sie drehte sich um und ging auf Charlotte zu. Sie konnte Charlottes Augen funkeln sehen. Das war ihr Kleid. Sie bemerkten, dass der Verkäufer einen roten Kopf bekam. Charlotte schaute in den Spiegel. Sie schupste Jasmin und beide Frauen konnten sehen, was den Verkäufer rot werden ließ. Von Nahem war es nicht möglich, aber wenn man etwas entfernt stand, konnte man ganz leicht von hinten ihre Schamlippen unter dem Rock raustehen sehen. Jasmin lachte. Charlotte sagte, das kaufen wir definitiv. Sie gingen zurück in die Umkleide zurück, als der Verkäufer auf sie zukam und stotternd sagte, dass es noch die passenden kleinen Taschen und Stöckelschuhe zu diesem Cocktail-Kleid geben würde. Er führte sie in den anderen Teil des Ladens und zeigte ihnen die Täschchen. Beide Frauen waren sich einig. Die musste man haben. Dann kam der Verkäufer mit den Stöckelschuhen. Er bot sich an, ihnen beim Anziehen zu helfen. Er zeigte auf einen Sessel, vor dem ein kleiner Schuhanziehpult stand, ebenso einer, wo der Verkäufer Platz nahm, während er dem Kunden den Schuh anzog. Charlotte schaute Jasmin an. Sie zwinkerten sich zu. Jasmin ging zum Sessel und setzte sich. Sie öffnete die Beine leicht, sodass der Verkäufer zu 100% ihre blank rasierte Muschi ansehen konnte. Sie bemerkte, wie seine Hände zitterten, während er die Schnalle um ihr Fussgelenk schloß. Sie hob den Fuß runter und den anderen hoch. Dabei rutsche das Kostüm weiter hoch und gab nun ihre komplett rasierte Muschi seinen Blicken frei. Er hielt den Atem an. Vermutlich war sein Schwanz kurz vor dem Platzen. Jasmin stand auf und ging durch das Geschäft. Charlotte beobachtete sie. Kam sie auf sie zu, konnte man ihre langen Schamlippen gut durch den Schlitz im Rock erkennen. Ging sie von ihr weg, sah man ihre schönen Beine voll zur Geltung kommen. Doch das war nicht alles. Das Kleid war mit einem breiten Schlitz am Poansatz weit ausgeschnitten. Ihre Muschi war damit, wenn sie ging, von hinten zwischen ihren Beinen komplett einsehbar. Egal das Kleid, die Schuhe und die Tasche gefielen Jasmin. Es würde sich schon was ergeben, wie sie es tragen konnten. Dann war Charlotte dran. Sie setze sich vor den Verkäufer und hielt ihm den Fuß hin. Dabei öffnete sie bewusst ihre Beine soweit es ging. Ihre Schamlippen sprangen auf und gaben ihr kleines rundes Muschiloch preis. Jasmin stand hinter dem Verkäufer, der nun mit noch zittrigeren Händen die Stöckelschuhe an Charlottes Füße befestigte. Er stand auf, sah die beiden mit hochrotem Kopf an und wusste nun definitiv nicht mehr, wie ihm geschah. Charlotte stand auf. Jasmin folgte ihren Blicken und genoss nun den gleichen Anblick, wie ihn Charlotte gerade gehabt hatte. Sie war begeistert. Elegant und doch unbeschreiblich erotisch. Jeder, der sie so auf der Straße sehen würde, würde auf Michael neidisch sein. Und den beiden Frauen würde es definitiv einen sexuellen Kick geben, so schnell wie möglich nach dem Abendessen dann nach Hause zu gehen, um dann von Michael so richtig hergebumst zu werden. Sie gingen zurück zur Umkleidekabine und ließen den Vorhang gut die Hälfte offen. Während sie die Kostüme auszogen, fingen sie an, sich zu küssen und ihre nackten Körper aneinander zu reiben. Jasmin konnte sehen, dass der Verkäufer sie beobachte. Sie ging in die Hocke und leckte Charlotte an ihrer Möse. Der Verkäufer stand wie erstarrt da. Ihre vollen und großen Schamlippen standen dabei zwischen ihren Beinen nach unten raus. Dann kam sie wieder hoch. Sie gaben sich einen Zungenkuss. Charlotte winkte den Verkäufer her. Sie baten darum, dass er die Sachen mitnehmen, die Rechnung fertig machen solle und dann die Sachen einpackte. Dann zogen sich an und bezahlten mit Michaels Kreditkarte. Als sie aus dem Geschäft kamen lachten, sie laut auf. Diese Geschichte würde der Verkäufer sicher nie vergessen. Sie gingen Händchen haltend die Passage weiter entlang. Jasmin sagte zu Charlotte, dass der Zauber den Michael auf Charlotte geworfen habe, Dinge zu machen, die sie sich nie sonst trauen würde, nun auch auf sie übergegangen war. Sie habe im Laden gerade auch bemerkt, dass sie eine exhibitionistische Veranlagung habe. Sie hatte immer gedacht, dass sie wenn sie Massagen gab und kein Höschen trug, dies daran lag, weil sie hin und wieder so erregt war, dass sie nass wurde. Aber dies war sicher nur ein Vorwand gewesen ihr Höschen wegzulassen. Charlotte lachte. Oh ja, Michael war super. Jasmin sagte, dass sie sich sehr in Michael und sie verliebt habe. Sie wollte die beiden auf keinen Fall verlieren. Ihr war jedoch auch klar, dass Michael sich irgendwann entscheiden würde. Und vermutlich für Charlotte. Charlotte wurde nachdenklich. Sie schaute Jasmin in die Augen. Beiden wurde klar, was bald passieren würde. Sie drehten um und gingen zurück zur Wohnung.

Positive Konsequenzen

Charlotte begann zu weinen, als sie im Aufzug nach oben fuhren. Jasmin wischte ihr die Tränen aus dem Gesicht. Das Make-Up begann auf Charlottes helles Kleid zu tropfen. Sie betraten die Wohnung. Jasmin stellte die Einkaufstaschen in den Flur auf den Boden, schloss die Haustüre, drehte Charlotte um und zog ihr das Kleid aus. Sie öffnete den BH und Charlotte lupfte die Bügel, damit de BH ebenfalls auf den Boden fallen konnte. Dann zog Jasmin sich selbst ihr Kleid und ihren BH aus. Sie nahm Charlotte bei der Hand und sie gingen auf die Terrasse. Sie setzen sich auf die Doppelliege, die auf der Terrasse stand. Sie war richtig von der Sonne aufgeheizt. Charlotte brach in Tränen aus. Jasmin versuchte sie zu trösten, aber auch sie war kurz davor zu heulen. Was hatte dieser Mann mit ihnen beiden gemacht? Ihr liefen nun auch die Tränen über die Wangen. Sie küssten sich und wischten sich die Tränen gegenseitig so gut es ging ab. Das Make-up und der Lidschatten warf schwarze Streifen auf ihre Gesichter und ihre Brüste.

Michael wachte auf. Er hatte die beiden kommen hören. Er stand auf, ging zur Tür und blieb stehen. Die beiden Frauen saßen da und wischten sich die Tränen ab. Immer wieder küssten sie einander. Etwas stimmte nicht. Er ging zu ihnen und setzte sich. Sie schauten ihn mit ihren verheulten Augen an. Er stieg auf die breite Liege. Er streichelte ihnen über den Kopf. Beide Frauen umarmten ihn sofort. Er ließ es zu. Jetzt heulten beide hemmungslos. Er nahm mit jeder Hand einen Kopf und küsste ihnen abwechselnd die Tränen von den Wangen. Dann löste er ihre Umarmung und zog die beiden zur überdachten Couch. Sie setzen sich so, dass er zwischen ihnen war. Er streichelte ihre Beine, während sie sich erneut beide an ihn klammerten. Er fragte was los sei. Jasmin stotterte, dass sie ihn nicht verlieren wolle, doch dass er sich sicher bald für eine der beiden entscheiden würde. Michael stand auf und ging vor den beiden in die Hocke. Er lächelte beide an. Er fragte sie, ob sie etwas übersehen hätten? Beide Frauen schauten sich an. Sie wussten nicht was er meinte. Er fragte sie, ob sie nicht bemerkt hätten, dass er sie beide lieben würde. Sie nickten beide. Er fragte sie, ob sie, die beiden Frauen, sich nicht auch lieben würden. Sie sagten wieder ja und blicken sich an. Charlotte nahm Jasmins Hände. Michael genoss diesen Anblick. Er war definitiv in beide Frauen über beide Ohren verliebt. Er sagte ihnen, wie sehr er sie beide lieben würde. Und er sagte ihnen, dass er sich nicht entscheiden würde müssen. Er wollte mit beiden zusammen bleiben. Aber da gäbe es noch etwas, das viel ausschlaggebender sei. Er hielt inne. Die Frauen schauten ihn an. Dann sagte er, ob ihnen nicht aufgefallen wäre, dass er sie das ganze Wochenende lang bereits immer ohne Kondom gevögelt hätte. Er habe sein Sperma immer ohne Vorsicht in sie beide gepumpt. Die Frauen wurden rot im Gesicht. Er konnte sehen, wie sie innerlich nachdachten, wann sie ihren Eisprung haben würden. Er setzte sich wieder zwischen die beiden und drückte ihre Körper an sich heran. Ihre großen Brüste auf seiner Haut, ja, das genoss er wirklich sehr. Er hielt sie beide mit seinen starken Armen fest. Beiden Frauen liefen die Tränen. Dieses Mal waren es wohl Tränen der Erleichterung, dass er sich nicht für eine der beiden entscheiden würde. Er sagte, dass soviel er verstanden habe, würde jede der beiden nicht verhüten. Beide bestätigten ihm dies. Jasmin sagte als erste, dass dieses Wochenende wohl ihr Eisprung sein musste. Dabei rückte sie noch näher an Michael. Charlotte sagte, dass, egal wie sie rechnen würde, auch sie vermutlich seit Donnerstag Abend nun schwanger sein könnte. Michael stand auf und drehte sich zu den beiden um. Er lächelte sie an und sagte, dass er wohl nun ihr Pascha sei und sie sein persönlicher Harem. Bald würden sie seine Kinder im Bauch für ihn austragen. Er freute sich darauf. Er sagte, dass er mit beiden alt werden wolle, wenn sie es auch tun wollten. Er würde sich nicht daran stören, was andere denken. Denn es wäre sein Leben und es gefiel ihm nun so wie es war. Er lächelte Jasmin an und sagte: „Siehst du, ich habe eine Lösung gefunden". Sie schaute ihn liebevoll an. Ihr war klar, dass dieser Mann für sie der Richtige war. Er hielt, was er versprach. Sie fühlte sich dadurch noch mehr zu ihm hingezogen. Dann kniete er vor Charlotte nieder und fragte sie, ob sie ihm und Jasmin ewige Treue schwören würde und ob sie mit ihm und Jasmin alt werden wolle. Charlotte schaute erst ihn und dann Jasmin an. Tränen rollten ihr wieder die Wangen hinunter. Dann sagte sie laut: „Ja". Dann drehte er sich zu Jasmin mit dem Oberkörper. Er fragte nun auch sie, ob sie ihm und Charlotte ewige Treue schwören würde und ob sie mit ihm und Charlotte alt werden wolle. Jasmin schaute ihn und Charlotte strahlend an. Dann sagte sie auch laut und deutlich „Ja". Die drei umarmten sich. Michael stand auf und griff unter die Couch und griff nach der Schmuckdose. Die beiden Frauen schauten sich an. Er öffnete die Dose und die drei Ringe kamen zum Vorschein. Er nahm den ersten kleineren Ring heraus, um dann den Ring an Charlottes Ringfinger zu stecken. Sie zitterte am ganzen Köper vor Glück. Er zog ihren Kopf zu sich und sie küssten sich lange und innig. Dann nahm er den zweiten kleineren Ring aus der Box und schob ihn Jasmin auf ihren Ringfinger. Sie küssten sich ebenso lange und innig. Dann nahm er den dritten Ring heraus. Er drehte ihn so, dass er den beiden den Text, den er hatte eingravieren lassen, vorlesen konnte. Die beiden Frauen zogen sich ihren eigenen Ring vom Finger und lasen es und Tränen liefen ihnen die Wangen herab. Dann bat er, dass sie beide zusammen ihm den Ring an den Finger stecken würden. Er konnte sehen, wie den beiden Frauen ihre Finger zitterten. Er hatte die richtige Taktik gewählt. Sie umarmten sich erneut. Dann bat er, dass die Frauen sich auch noch innig als Zeichen der Liebe küssen sollen. Sie folgten seinem Wunsch. Während sie sich küssten, bemerkte Michael wie sie beide ihre Beine leicht öffneten. Michael lag zu 100% richtig, mit dem was er da gemacht hatte. Er stand auf, drehte sich um und ließ die beiden alleine und ging in die Küche, um etwas zu trinken. Michael war im Reinen mit sich. Er setze sich während er trank. Von der Küche aus beobachtend sah er, wie die beiden Frauen sich die Freudentränen gegenseitig aus den Augen wischten. Jasmin küsste Charlotte mehrfach auf ihre Stirn. Sie fassten sich gegenseitig an den Bauch und schauten sich gegenseitig auf den Ring an ihrem Finger. Beide lachten, umarmten sich und hielten sich fest an ihren Händen. Sie hatten ihren Frieden zwischen sich ausgemacht. Ihnen war sicherlich ganz klar, dass er nie ein Kondom benutzen würde. Selbst wenn eine der beiden nun nicht schwanger sein würde, so wäre dies bald der Fall. Schon alleine deshalb, weil keine der beiden ohne ihn würde sein wollen. Sie würden schon von sich aus alles tun, um so schnell wie möglich von ihm schwanger zu werden und damit ein weiteres Zeichen zu setzen, um zu ihm zu gehören. Alles war perfekt. Er würde zwei Frauen und gemeinsame Kinder mit ihnen haben. Er hatte sie soweit gebracht, dass sie ihm hörig waren und alle seine sexuellen Wünsche immer befriedigen und in die Tat umsetzen würden. Der Gedanke gefiel ihm sehr. Nach und nach begannen seine beiden Frauen sich wieder zu streicheln und zu küssen. Michael saß einfach nur da und schaute dem Treiben seiner beiden neuen Haremsfrauen zu. Charlotte öffnete die Beine von Jasmin und massierte deren massiven Kitzler. Bald darauf drückte Jasmin Charlotte auf die Couch nach hinten, während sie sich selbst um 180 Grad drehte, damit sie sich, gegenseitig aufeinander liegend, die Kitzler lecken konnten. Er schaute zu und ließ die beiden machen. Er wollte hören, wie sie beide fest und laut kommen würden.

Zärtlichkeit

Während Jasmins massive Brüste links und rechts von Charlottes Bauch hängend auf der Couch lagen, drückten sich die Möpse von Charlotte auf dem Bauch von Jasmin fest und standen links und rechts deutlich ab. Michael konnte beobachteten, wie Charlotte an Jasmins Anus mit dem Finger spielte und gleichzeitig mit einem weiteren Finger daneben, ihr nasses Loch massierte, während sie mit ihrer Zunge ihr die Clit liebkoste. Er überlegte kurz, ob Jasmin wohl das gleiche bei Charlotte machen würde. Er wollte schon aufstehen und nachsehen gehen, als Charlotte laut zu stöhnen anfing. Sie würde gleich kommen. Immer wieder hob sie ihren Kopf und stieß einen hohen Laut aus. Dies steigert sich immer öfter, bis sie laut stöhnend rief: „Bitte, hör nicht auf, ja, bitte mach weiter, oh ja, oh ja, ich komme, ich komme". Er sah wie ihr Körper erzitterte. Dann leckte sie, wie besessen, den Kitzler von Jasmin, während sie immer intensiver mit ihren Fingern die Möse und den Anus von Jasmin bearbeitete. Mittlerweile fingerte sie die beiden Löcher wie wild. Nun fing Jasmin an zu stöhnen. Langsam aber immer lauter und dann wurde auch sie laut und sagte: „Oh ja ‚oh ja, oh Gott, ja fick mich mit Deinen Fingern in meine beiden Löcher, hör nicht auf, oh ja, ich komme, ich komme, ich komme". Es wurde ruhig auf der Couch. Jasmin drehte sich zu Charlotte um. Die beiden küssten sich und spielten mit ihren Zungen. Michael saß da und schaute zu. Sein Schwanz war zwischenzeitlich ganz hart geworden und stand nach oben. Charlotte stand auf. Sie kam auf ihn zu. Sie lachte ihn an und verschwand im Bad. Er hörte sie pinkeln. Dann stieg sie in die Dusche. Jasmin stand nun auch von der Couch auf. Sie entdeckte Michael und kam zu ihm. Sie nahm seinen harten Schwanz in ihre Hand. Langsam und behutsam setze sie sich auf seine Schenkel und schob sich seinen Schwanz in ihre noch immer klatschnasse Möse. Sie zog sich zu ihm heran. Sie nahm seinen Kopf in ihre Hände und küsste ihn lange, während sie mit ihrem Unterleib kreisende Bewegungen machte. Sie spürte Michaels Schwanz in sich. Sie war glücklich. Sie hielt an. Sie sagte zu ihm, dass sie ihn nie hergeben würde und dass er alles für sie sei. Sie würde immer die seine sein. Sie fuhr fort, dass sie hoffte, von ihm schwanger zu sein. Sie wollte so viele Kinder wie möglich von ihm bekommen. Michael schaute sie intensiv an. Mit seinen Händen hielt er ihre Pobacken fest, während sie auf seinem Schwanz kreiste. Dann hob sie ihm eine ihrer großen Brüste hin damit er ihre Brustwarze lecken und saugen konnte. Sie fühlte, wie sie immer nasser wurde und wie sehr sie seinen Schwanz in sich spüren wollte. Noch nie davor hatte ein Mann es geschafft, sie so nass zu machen. Letzte Nacht auf der Couch im Mondschein, wo sie ihm versprochen hatte, alles für ihn zu tun, hatte sie sich buchstäblich unsterblich in ihn verliebt. Vielleicht war es diese Hingabe, die sie nun so losgelöst sein ließ. Vielleicht war es aber auch so, dass sie keine Angst mehr hatte. Dass sie endlich am Ziel war. Sie fühlte sich geborgen bei ihm, auf eine unerklärliche Art und Weise. Sie spielte nun mit seinem Mund. Sie steckte ihm ihre Zunge entgegen und er erwiderte es. Sie küssten sich minutenlang so zärtlich weiter. Der Mann, der sie letzte Nacht bereits so sanft und zärtlich gevögelt hatte, tat dies schon wieder. Sie wusste, dass er auch anders konnte. Sie war fasziniert davon, dass sie bei ihm beides haben konnte. Hart rangenommen zu werden, aber auch zärtlichen und liebevollen Sex gemeinsam zu erleben. Er begann langsam heftiger zu schnaufen. Sie spürte, wie sein Schwanz dicker wurde. Gleich würde er kommen. Ihre Möse wurde davon noch feuchter. Sie spürte, wie ihr Mushisaft auf seinem Schwanz nach außen lief. Sie drückte sich näher an in heran. Ihre Clit kratzte nun stärker an seinem rasierten Schwanz und Bauch. Ihre Kreisbewegungen wurden schneller. Sie merkte, wie sein Sperma in sie spritze. Ein Schauer durchlief sie. Sie umklammerte ihn, so fest wie sie konnte und dann kam sie auch. Sie war so dermassen erregt, dass sie in großer Menge Mösensaft abspritzte. Michael blieb dies nicht unbemerkt. Schon oft hatte er davon gehört, dass Frauen auch abspritzen können, aber selbst noch nie erlebt. Er war total fasziniert davon. Sie schauten sich an. Michael sagte ihr, dass er das schön finde, wie sehr sie erregt sei. Jasmin war sprachlos. Zu oft hatte sie erlebt, dass Männer sie deshalb als unnatürlich bezeichnet hatten, obwohl der weibliche Orgasmus etwas ganz normales war. Sie konnte es gar nicht glauben, was Michael ihr gerade gesagt hatte. Sie küsste ihn so intensiv sie konnte und strich im zärtlich über das Gesicht. Sie spürte, wie er begann, sie am Rücken und Arsch sanft zu streicheln. Er sagte ihr, dass er sie so, wie sie war, liebte und genauso haben wollte. Sie war überglücklich. Es tat ihr einfach gut. Sein Schwanz wurde kleiner. Sie hob ihren Arsch leicht hoch und sein Glied rutschte raus. Sie konnte hören, wie ihr Sperma-Mösensaft-Gemisch auf den Boden tropfte, während sie noch immer breitbeinig auf seinen Schenkeln saß. Sie hielten sich weiter fest und schmusten in dieser Stellung. Charlotte kam aus dem Bad in die Küche. Sie betrachtete die beiden. Sie stellte sich hinter Jasmin, umarmte sie und streichelte Michael sanft über den Kopf. Sie blieben noch eine Weile so zusammen. Dann stand Jasmin auf und ging ins Bad. Charlotte zog Michael zu sich hoch und hielt sich an ihm fest. Sie zeigte ihm ihren Ring, den er ihr an die Hand gesteckt hatte und sagte, dass sie so froh war ihm zu gehören. Er drückte sie fest an sich. Sie spürte seinen von Sperma und Jasmins Muschisaft nassen Penis auf ihrem Bauch. Sie kniete sich vor ihm hin und begann, seinen Schwanz sauber zu lecken. Michael war fertig. Er konnte gar nicht glauben, dass sein Schwanz schon wieder anfing aufzustehen. Charlotte ließ nicht locker, bis sein Schwanz wieder fest stand. Sie küsste in auf den Mund und sagte dann zu ihm, dass sie erwarten würde, dass er sie heute Nacht genauso liebevoll ficken würde, wie er dies gerade mit Jasmin getan habe. Er strich ihr über den Kopf und lachte und sagte, dass sie schön artig sein müsse, dann würde er es tun. Sie schaute ihn an und sie lachten gemeinsam. Dann gingen sie ins Bad, um nach Jasmin zu sehen.

Exhibitionismus

Nachdem alle geduscht hatten, war noch etwas Zeit. Michael hatte die Zeit genutzt und einen Tisch in dem von Jasmin vorgeschlagenen Restaurant reserviert. Sie hatte ihm genau gesagt, nach welchem Tisch er verlangen sollte. Währenddessen waren die beiden Frauen im Bad damit beschäftigt, sich für Michael hübsch zu machen. Er genoss es, hin und wieder hineinzusehen und die beiden nackt vor dem Spiegel stehend zu betrachten. Er selbst würde eine Leinenhose und ein Leinenhemd tragen. Mehr nicht. Dazu war die Sommernacht einfach noch zu heiß. Er saß in der Küche und wartete auf die beiden. Als sie fertig waren, zogen sie sich alle im Schlafzimmer an. Sie wollten so wenig wie möglich angezogen in der Wohnung sein, denn hier oben war es deutlich heißer als unten auf der Straße. Michael sah, was die Frauen sich für ihn ausgedacht hatten. Er pfiff durch die Zähne. Jasmin lachte laut auf. Charlotte war sichtlich nervös. Dann zog er sich an. Die beiden Frauen sahen ihm zu, wie er seinen glatt rasierten Schwanz ohne eine Unterhose oder Boxer-Shorts einfach in die Leinenhose steckte. Charlotte fasste ihm an die Hose um zu sehen, ob man seinen Schwanz spüren konnte. Er ließ sie machen. Dann waren sie soweit. Jasmin gab ihm den Schlüssel vom Apartment zum Abschließen der Wohnung und auch seine Kreditkarte wieder zurück. Er schloss hinter ihnen ab, während Charlotte den Aufzug orderte. Sie fuhren nach unten. Als sie auf die Straße traten, war es immer noch taghell. Michael sorgte dafür, dass auf jeder Seite von ihm eine seiner Frauen lief. Er konnte so mit jeder der beiden Hand in Hand laufen. Er wusste darum, dass, egal wer auch entgegen kommen würde, sehen konnte, dass die beiden Frauen an seiner Hand kein Höschen anhatten und im Gegenteil schöne lange Schamlippen präsentierten. Passanten, die hinter ihm liefen, konnten sogar die ganze Möse der jeweiligen Frau einsehen. Charlotte sagte, dass sie total nervös sei. Michael beruhigte sie. Sie solle nicht vergessen, dass sie sein Mädchen sei. Er würde sie beschützen, was immer kommen mochte. Er hörte, wie sie durchatmete. Er schaute nach Jasmin. Sie schien den ganzen Auftritt zu geniessen. Doch er traute dem Frieden nicht. Er fragte, wie es ihr ging. Sie sagte, dass sie total erregt sei und Angst hatte, dass ihr bald der Saft aus der Möse am Bein runterlaufen würde. Die drei lachten. Dann waren sie am Taxistand angekommen. Michael stieg vorne ein und ließ seine beiden Haremsfrauen hinten einsteigen. Er gab die Zieladresse bekannt und sie fuhren los. Michael drehte sich um und fragte, ob alles ok sei. Es verschlug ihm den Atem. Seine zwei Süßen saßen mit offenen Beinen da. Er lachte sie an. Dann drehte er sich wieder nach vorne. Er konnte aus den Augenwinkeln sehen, wie der Taxifahrer mehr mit dem was er im Rückspiegel sah, als auf die Straße blickend, beschäftigt war. Michael sprach ihn an. Sonst würde noch ein Unfall passieren. Er verwickelte den Mann in ein Gespräch. Als sie am Restaurant angekommen waren, zahlte er, während seine zwei Mädels ausstiegen. Der Taxifahrer bedankte sich für das Trinkgeld und wünschte ihm einen heißen Abend. Beide Männer lachten. Dann stieg Michael aus.

Er folgte Jasmin, die die beiden die Straße entlang führte. Sie kamen zu einem kleinen Tor. Jasmin sagte, dass das Restaurant hinter diesem kleinen Park auf der anderen Seite sei. Er ließ die beiden Frauen eng umschlungen vor sich mit einigen Metern Abstand laufen. Er wollte sehen, wie ihre Mösen unter dem Kleid zum Vorschein kamen. Er genoss den Anblick. Er merkte, wie sein Penis seine Hose leicht ausbeulte. Der Park war nicht sehr groß. Maximal 50 Meter mussten sie gehen, um auf die andere Seite zu kommen. Aber es war eine kleine Oase mitten in der Stadt. Im fiel auf, dass vom Weg aus in kleinen Abständen alle paar Meter kleine Wege nach links und rechts verliefen, die immer mit einer Parkbank endeten. Auf einigen saßen ältere Menschen, die sich unterhielten, Liebespärchen, die sich eng umschlungen hielten oder küssten. Er freute sich für sie alle, dass sie diesen Abend genauso genießen würden wie er. Jeder auf seine Weise. Er schmunzelte während er seinen Blick wieder seinen zwei Mösen zuwarf. Kurz vor dem Restaurant ging er schneller, um seine beiden Musen einzuholen. Er sagte ihnen, dass er darauf bestehen würde, ihnen am Tisch den Stuhl zu reichen und sie zu setzen. Sie freuten sich darauf, wie richtige Frauen behandelt zu werden. Sie betraten das Restaurant. Ein Kellner kam auf sie zu. Michael war beeindruckt von dem Laden. Das Restaurant verlief auf zwei Ebenen. Die obere Ebene war halb in den Raum hineingebaut und die Tischchen verliefen entlang einem Geländer, das teilweise mit Pflanzen zugewachsen war. Der Kellner begrüßte Jasmin. Sie schienen sich gut zu kennen. Sie sagte ihm, dass sie auf Michaels Namen bestellt hätten. Er zeigte ihnen mit einer netten Geste den Tisch und sagte, dass Jasmin ja den Weg kennen würde. Jasmin ging die Stufen nach oben voran. Gleichwohl sie elegant gekleidet waren, gab es doch Gäste, die sie beobachteten. Es war halt doch ein wenig ungewöhnlich, am Samstag Abend einen Mann mit zwei Frauen zum Essen gehen zu sehen. Charlotte folgte Jasmin die Stufen nach oben. Michael beobachtete den Raum. Einige der Gäste hatten bemerkt, dass die beiden untenrum nackig waren. Eine junge Frau drehte sich um, nachdem ihr Freund sie darauf hinwies. Jasmin bemerkte dies auch und lächelte Michael an. Ihr schien es sehr gut zu gefallen. Sie waren hier oben noch alleine. Michael kam eine Idee. Er schnappte sich eine der Stoffservietten vom Nachbartisch, dann zog er den Stuhl für Charlotte zurück. Er breitete die Serviette auf dem Stuhl aus. Dann bot er ihr an sich zu setzen. Während sie sich setzte, hielt er ihr Kostüm fest. Sie spürte, wie der Stoff über ihren Arsch nach oben rutschte. Während sie sich setzte, schob er sie an den Tisch. Er ging um den Tisch herum zu Jasmin, die alles beobachtet hatte. Er nahm vom andern Tisch nun eine Serviette und breitete sie auf ihrem Stuhl aus. Während er sie

Platz nehmen ließ, zog er auch ihr das Kostüm über den Arsch hoch. Sie stöhnte leise auf. Dann setze er sich hin. Er beobachtete, wie Jasmin sich selbst an den Tisch zog. Ihre Füße musste sie dazu links und rechts vom Stuhl halten, damit sie sich nach vorne schieben konnte. Erneut stöhnte sie auf. Ihm war klar, dass ihre Muschi auf der Serviette rieb. Der Kellner kam. Er reichte ihnen die Karten. Sie bestellten Getränke und begannen, das Essen auszusuchen. Michael entschuldigte sich kurz. Er ging zum Eingang zurück und tat so, als ob er eine Visitenkarte des Restaurants holen wollte. In Wirklichkeit wollte er sehen, was da oben am Tisch den anderen Gästen zur Schau gestellt wurde. Die beiden Frauen verstanden sofort was er tat. Sie schauten ihn an, während er ihnen zu nickte. Er ging zurück und setzte sich hin, nahm die Hände der beiden in seine Hände. Er sagte ihnen, dass jeder, der das Restaurant betreten würde, sehen konnte wie ihre blanken Oberschenkel und ihre Arschbacken nackt auf dem Stuhl saßen. Er konnte sehen, wie die beiden knallrot wurden und seine Hand immer fester drückten. Er rief sie zur Ruhe. Sie sollten ihm vertrauen und gehorchen. Und sich gefälligst zusammenreißen. Der Kellner kam wieder. Er schien nichts bemerkt zu haben. Sie bestellten zu Essen. Immer wieder vergewisserte sich Michael während des Essens, ob es den beiden gut ging. Als sie fertig waren, bestellte Michael noch ein Glas Wein für sie alle und sie saßen da und unterhielten sich. Irgendwann nahm Charlotte Jasmins Hand und küsste sie. Sie entschuldigte sich bei Jasmin und fragte, ob es in Ordnung wäre, dass sie kurz mit Michael verschwinden würde. Sie hielt es nicht mehr aus. Sie musste seinen Schwanz spüren und gefickt werden. Jasmin streichelte Charlottes Hand und sagte ihr, dass es in Ordnung wäre. Michael stand auf und rief den Kellner zu sich. Er sagte, dass er kurz mit Charlotte nach draußen gehen würde und der Kellner die Rechnung fertigmachen solle. Er gab Jasmin seine Kreditkarte. Er sagte ihr, egal wie lange es dauern würde, sie sollte hier warten und artig sein. Jasmin lächelte ihn an.

Denkst du wirklich, ich bin heute schon unartig gewesen? Sie schaute ihn verschmitzt an. Charlotte war indes beschäftigt, ihr Kostüm wieder zurechtzurücken. Sie wollte vermeiden, dass die andren Gäste hier oben ihre glatt rasierte Möse sehen würden, wenn sie gleich aufstehen würde. Als Michael ihr die Hand gab, spürte er, wie sie zitterte. Er musste sie führen, so scharf war sie schon. Sie war unfähig noch vernünftig zu denken. Sie wollte nur noch seinen Schwanz fühlen und erlöst werden. Michael verließ mit ihr das Restaurant. Er ging zum Park. Es war mittlerweile dunkel geworden. Der Hauptweg war beleuchtet. Das Licht reichte aus, damit Michael sehen konnte, ob eine Parkbank in einer der Gassen belegt war oder nicht. Zu seiner Verwunderung schien der Park leer zu sein. Eng umschlungen hielt er Charlotte an sich gedrückt. Sie gingen in eine Gasse hinein. Er hatte eine Bank ausgewählt, die seitlich stand, sodass Charlotte, wenn sie wollte, seitlich auf den Hauptweg sehen konnte. Charlotte öffnete seine Hose und begann seinen Schaft zu lecken. Sein Penis wurde hart. Er ließ die Hose auf den Boden fallen und setzte sich mit dem blanken Arsch auf die Parkbank. Er zog Charlotte zu sich her. Sie zog Ihr Kostüm über ihren Arsch hoch. Zwischen der Sitzbank und der Rückenlehne war ein großer Spalt. Sie stieg mit einem Bein hinein, bis sie wieder festen Halt unter dem Fuß verspürte. Dann setze sie sich auf Michaels Oberschenkel breitbeinig auf, während sie das andere Bein durch die Lücke in der Bank schob. Er zog sie zu sich her. Sie küssten sich. Dann fing sie an, sich seinen Schwanz in ihre feuchte Möse zu schieben. Sie stöhnte laut auf. Sie drückte seinen Kopf an sich heran. Michael öffnete die Schleife an ihrem Hals und zog das Kleid herunter, sodass er ihre Brüste lecken konnte. Sie stöhnte erneut auf. Er spürte, dass sie noch einen Kick brauchen würde. Während sie ihre Möse auf seinen Lenden kreiste, zog er das Kostüm wieder nach oben und über ihren Kopf ganz aus. Sie saß nun komplett nackt auf ihm. Sie schaute immer wieder zum Weg. Sie war total in Ekstase und doch nervös. Es gab ihr einen richtigen Kick. Dann bemerkte sie einen Mann, der mit seinem Hund Gassi ging. Er blieb stehen. Sie konnte ihm in die Augen sehen, während sie Michael vögelte. Das war zu viel für sie. Sie drückte sich, so gut sie konnte, an Michael heran. Er spürte seinen Kopf zwischen ihren großen Brüsten verschwinden. Sie ritt immer schneller auf ihm, während sie beobachte, wie der Mann ihr noch immer dabei zusah. Ihr Körper fing an zu zittern. Sie stöhnte immer lauter, den Mann dabei ansehend. Sie wurde davon total erregt, dass ihr ein Fremder dabei zusah, wie sie fickte. Dann kam sie. Heftige Wellen der Lust durchdrangen ihren Körper. Sie schrie ihren Orgasmus in die Nacht, während sie ihren Kopf wieder zu Michael drehte und sich an ihm festhielt. Michael bemerkte nun auch den Mann. Er wies ihn an weiterzugehen. Der Mann verstand erst nicht, doch dann zog der Hund an der Leine und er verschwand im Dunkel der Nacht. Sie blieben noch eine Weile so sitzen. Charlotte spürte den harten Schwanz in sich. Dann fing Michael an, sie langsam von sich zu schieben und begann, ihr das Kostüm wieder anzuziehen. Er sagte, das Jasmin auf sie warten würde. Charlotte stand auf. Sie stieg von ihm und der Bank ab. Während Michael seine Hose hochzog, ging Charlotte in die Hocke. Sie fing an ganz langsam zu pinkeln. So lächelte Michael an. Sie wollte so sicherstellen, dass sie ihre schönen neuen Schuhe nicht nassmachen würde. Sie nahm ihre Hand und wusch mit ihrem Urin ihre Muschi sauber. Michael reichte ihr sein Taschentuch. Er war fasziniert, wie schlau seine Doktorin doch manchmal war. Sie trocknete ihre Möse und ihre Hand mit dem Taschentuch ab. Dann steckte sie es in ihre neue kleine Handtasche. Sie gingen eng umschlungen wieder zurück ins Restaurant. Jasmin saß oben am Tisch. Er bat Charlotte zu warten. Dann ging er nach oben und half Jasmin beim Aufstehen. Sie hatte ihr Kostüm bereits zurechtgerückt. Gäste die bei der Treppe saßen, konnten Jasmins Möge komplett sehen. Ein Mann lächelte sie an. Jasmin wurde total wuschig davon.

Charlotte wartete unten an der Treppe und nahm sofort Jasmins Hand, während sie das Restaurant verließen. Kaum draußen, umarmten die beiden Mädels sich. Charlotte küsste Jasmin lange und heftig. Dann entschuldigte sie sich nochmals bei ihr. Jasmin strich ihr über die Haare und sagte ihr, wie sehr sie sie lieben würde.

Michael nahm die beiden Frauen an der Hand. Er fragte, was sie nun tun wollten. Jasmin sagte, dass sie einen kleinen Nachtclub kennen würde, den sie den beiden noch zeigen könne. Das war es. Sie gingen los. Michael fragte, ob er ein Taxi bestellen solle, doch Jasmin sagte, dass es nur einige hundert Meter weg wäre. Michael bemerkte, dass Charlotte seine Nähe suchte. Er ließ die Hand von Jasmin los und ging eng umschlungen mit Charlotte den Weg entlang. Sie schmiegte sich so gut es ging an ihn heran. Nach und nach war Jasmin nun schon einige Meter vor ihnen. Sie drehte sich vor den beiden um und zog ihr Kostüm bis zum Bauch hoch. So lief sie vor den beiden her. Michael wies sie, an das zu unterlassen. Sie solle gefälligst sich an das halten, was er sagte. Passanten kamen ihnen entgegen. Jasmin machte keine Anstalten, das Kostüm wieder nach unten zu ziehen. Michael ließ Charlotte los. Er sprang zu Jasmin und zog ihr das Kleid runter. Er zwickte sie in den Arsch und sagte ihr, dass sie gefälligst artig sein solle. Sie lachte ihn an. Dann waren sie beim Club angekommen. Sie gingen die Treppe zum Eingang hinunter. Erneut zog Jasmin ihr Kostüm über den Arsch hoch, während sie die Treppe runtergingen. Michael hielt sie unten an. Sie schaute ihm ins Gesicht. Sie sagte zu ihm: „Bestraf mich doch, wenn du willst". Er verstand nur zu gut. Sie wollte seinen harten Schwanz im Arsch haben. Noch bevor er sie anhalten konnte, zog sie sich das Kleid bis zum Bauchnabel hoch, sodass es so aussah, als wenn Sie nur mit einen großen BH bekleidet war und betrat den Nachtclub. Laute Musik lief, außer der bunten Discobeleuchtung, die im Takt zur Musik aufflackerte, war es nahezu dunkel. Er konnte die Menschen auf der Tanzfläche nur schemenhaft erkennen. Jasmin verschwand in der Menge. Michael hielt Charlotte die Tür auf. Sie küsste ihn und sagte, wie sehr sie ihn lieben würde. Dann gingen sie hinein. Er hielt ihre Hand fest, während sie sich den Weg durch die tanzende Menge bahnten. Dann konnte er Jasmin an der Bar stehen sehen. Sie stand zu ihnen gedreht an der Bar lehnend da und rieb sich mit ihrer Hand die glatt rasierte Clit. Niemand beachtete sie und das war gut so. Abgesehen davon war es zu dunkel als das s jemand vermuten würde, was sie da gerade tat. Michael suchte nach freien Plätzen an der Bar. Ganz hinten an der Seite waren noch einige Barhocker frei. Er zog das Kostüm von Jasmin wieder runter. Wieder lachte sie ihn an. Sie zog ihn zu sich her. Sie musste laut reden. Sie schrie in sein Ohr: „Bestraf mich doch, wenn du kannst". Michael lachte sie an. Dann ging er mit den beiden Frauen nach hinten. Charlotte setzte sich auf einen Hocker. Dann half sie Jasmin sich ebenfalls auf einen Hocker zu setzen. Erneut zog Jasmin ihr Kostüm hoch, sodass sie mit dem blanken Arsch auf dem Sitz Platz nahm. Michael stand hinter ihr. Er konnte sehen wie ihre Möse auf dem Stuhl saß und den Stuhl damit nass machte. Zwischen ihrer Poritze schimmerte im Discolicht ihr schön geformtes rundes Popoloch hervor. Der Barmixer kam. Michael bestellte drei Cocktails. Er reichte jeder seiner Mädchen einen und sie stießen an. Er sprach jeder ins Ohr, dass dies die Belohnung sei, für das nette Cocktail-Kostüm das sie sich gekauft hatten. Sie lachten. Dann stellte er sich wieder hinter Jasmin. Während die beiden Frauen sich angeregt unterhielten, er vermutete, dass Charlotte Jasmin berichten musste, wie sie mit Michael im Park gevögelt hatte, beobachtete Michael das Treiben im Club. Er bemerkte, dass sie mehr oder weniger nicht beachtet wurden. Es war zu dunkel hier drin. Niemand würde Jasmin unten ganz nackt sehen oder gar vermuten. Er drehte sich zur Bar. Er griff in seine Hose und holte ein Kondom heraus. Er öffnete seine Hose und streifte sich den Kondom über seinen hart gewordenen Schwanz.

Er drehte sich nochmals um, aber niemand schien sie zu beachten. Dann zog er Jasmin ein Stück vom Barhocker zu sich her. Im gleichen Moment drückte er seinen Schwanz an ihr anales Loch. Sie wurde am ganzen Körper steif. Mit einer Hand hielt sie sich an der Bar, mit der anderen Hand an ihrem Barhocker fest. Sie schaute Charlotte direkt ins Gesicht. Charlotte konnte ihre Überraschung im Gesicht ablesen. Ihr war klar, was da passierte und streichelte ihr über die Wange. Jasmin war sprachlos. Sie hätte im Traum nicht daran gedacht, dass Michael ihr hier in dem Nachtclub seinen Schwanz in den Arsch stecken würde. Sie schaute sich um ob sie jemanden kennen würde? Obwohl es zu dunkel war, wurde sie von dem Gedanken, dass sie hier, vor allen, vielleicht sogar vor jemandem, den sie kannte, in der Öffentlichkeit gefickt wurde richtig geil. Sie spürte, wie ihre Möse auf einen Schlag richtig viel Saft entlud und auf den Barhocker rieb. Sie flippte aus. Das war der absolute Höhepunkt, den sie bisher in ihrem Sexleben erlebt hatte. Sie spürte, wie Michael tiefer in sie hinein drang. Ihr Loch schmerzte sehr. Ihr Körper erzitterte. Egal, sie schob ihren Arsch weiter an Michael heran. Sie wollte ihn fest in ihrem Arschloch spüren. Das war schon so den ganzen lieben langen Abend. Sie war eine richtige Sau, dachte sie sich. Michael schaute auf die Tanzfläche. Noch immer hatte niemand bemerkt, was passierte. Nachdem er seinen Schwanz zur Hälfte in ihrem Loch versenkt hatte, kam er nicht weiter. Er drückte darauf hin ihren Oberkörper nach vorne, sodass ihr Arsch noch mehr vom Hocker in seine Richtung kommen musste. Jasmin legte ihren Kopf auf Charlottes nackte Oberschenkel. Michael stieß nun seinen Schwanz ganz in ihr Loch. Sie schrie auf. Vermutlich hatte es sie sehr geschmerzt. Aber Strafe musste sein, dachte er. Er hielt sie mit beiden Händen an ihre Hüfte links und rechts fest und begann, sie heftig in ihren Arsch zu bumsen. Der Hocker wackelte unter ihr vor und zurück. Ihre Möge rutschte dabei gleichzeitig hin und her. Sicher würde ihre Clit heftig vom

Stoff des Barhockers gerieben und verwöhnt werden. Er spürte, wie sie am ganzen Körper immer heftiger zu zittern begann. Charlotte schaute ihn an, während er so Jasmin vögelte. Er konnte aus ihrem Blick sehen, dass sie einerseits zufrieden war, dass er Jasmin bestrafte. Sie war die ganze Zeit artig gewesen und hatte, als sie es nicht mehr ausgehalten hatte, um seinen Schwanz gebeten. Andererseits streichelte sie liebevoll ihre neue Freundin über den Kopf. Sie liebte sie einfach. Man konnte dies unschwer erkennen. Jasmin fing an, laut zu stöhnen. Michael öffnete die große Schleife, die Jasmins massive Brüste in dem Kleid gefangen hielten. Die Erdanziehungskraft zeigte nun ihre volle Wirkung. Die großen Dinger fielen nach unten, baumelten vor Charlottes Knien, frei in der Luft, zwischen den Barhockern hin und her. Sie schrie vor Erregung. Michael schaute hoch. Die Musik war zu laut. Noch immer hatte niemand entdeckt was ablief. Und mit seinem offenen Hemd sah es so aus, als ob er nur hinter ihr stand. Sie schrie wieder vor Lust laut. Selbst er, da er unmittelbar hinter ihr war, vernahm ihre Lust, die sie laut in den Raum brüllte, nur ganz leise. Sie zitterte wie blöd. Lustwellen durchliefen ihren Körper. Er fühlte, wie sie heftig zum Orgasmus kam und Mösensaft, in sehr großer Menge, aus ihr raus spritzte. Dann zog er seinen Schwanz raus. Er drehte sich zur Bar und streifte das Kondom ab. Er steckte seinen harten Schwanz zurück in seine Hose und zog den Reisverschluss hoch. Dann hob er Jasmin, die immer noch auf Charlottes Schenkeln keuchend lag, am Bauch hoch um ihr das Kostüm über den Arsch runter zu ziehen. Er sah, dass der ganze Barhockerstoff von dem vielen Mösensaft, den sie beim Orgasmus ausgespritzt hatte, komplett nass geworden war. Er schaute sich um. Niemand hatte in der Dunkelheit der Discothek gemerkt, was wirklich passiert war. Er ging um Jasmin herum und küsste Charlotte, die immer noch liebevoll Jasmin streichelte. Michael merkte, dass Jasmin noch immer vom Orgasmus schwer benommen war. Er winkte den Barmixer her und bezahlte, während Charlotte das Kostüm wieder am Hals zuband und die großen Möpse vorne reinschob. Der Barmixer schaute verblüfft auf das, was er sah. Michael setzte Jasmin auf. Sie warf ihre Hände um seinen Hals, drückte sich an ihn und hielt fest, als wenn sie ihn nie mehr loslassen wollte. Er hob sie so vom Barhocker hoch und trug sie, ihre Arschbacken in seiner Hand haltend, durch die Tanzfläche zum Ausgang. Sie umschlang seinen Körper mit ihren Beinen. Wieder rutsche ihr Kostüm über den Arsch nach oben. Dieses Mal konnte er nichts machen. Aber es war nun sowieso egal. Es war zu dunkel hier drin. Er fasste sie nun enger, damit sie nicht runterfallen würde, während er sie so trug. Mit seinen Fingerspitzen fühlte er, wie ihre Schamlippen diese immer wieder berührten. Es gab ihm einen Kick. Charlotte nahm die beiden Handtaschen und folgte den beiden durch die tanzende Menge hinterher. Sie öffnete ihnen die Tür. Michael stellte Jasmin auf ihre Füße und rückte ihr das Kostüm zurecht. Sie klammerte sich weiterhin um seinen Hals. Es hatte keinen Sinn. Sie war noch immer fix und fertig vom Sex an der Bar. Er hob sie erneut hoch und trug sie auf seinen Händen nach oben. Die Musik wurde leiser. Auf der Straße angekommen, pfiff er nach einem Taxi. Jasmin schaute ihn mit großen Augen an. Dann sagte sie, dass sie sich unsterblich in ihn verliebt habe und dass sie nie mehr von seiner Seite weichen würde. Er küsste sie auf den Mund während, Charlotte ihm die hintere Türe des Taxi´s öffnete. Er stieg behutsam mit Jasmin, sie immer noch in seinen Armen haltend, ein. Charlotte schloß die Tür hinter ihnen und stieg vorne ein. Jasmin lag in Michaels Armen und streichelte ihm über das Gesicht. Charlotte sagte dem Taxifahrer die Adresse und sie fuhren los. Als sie angekommen waren, bezahlte Charlotte das Taxi, während Michael mit Jasmin auf seinen Armen aus dem Taxi ausstieg. Sie hatte sich wieder gefangen und lief nun alleine zum Haus. Dann blieb sie stehen und wartete auf Charlotte, die etwas hinter ihr lief. Michael beobachtete, wie die beiden Frauen sich umarmten und festhielten, während er auf sie zuging. Beide schauten ihn mit ihren großen Kulleraugen an. Sie wußten, dass er sie immer glücklich machen würde. Egal ob im Bett oder im Leben. Dieser Mann war der Hammer. Ihm wurde klar, dass er sein Leben lang mit all seinen Erlebnissen letztlich auf diesen Moment vorbereitet worden war. Er hatte es heute Abend auf unerhörte Art und Weise verstanden, die beiden an den Rand von dem, was sie bislang sexuell erlebt hatten, zu bringen, und darüber hinaus. Sie würden nun warten, bis er für sie den nächsten Kick ausdenken würde. Jasmin drückte den Aufzugknopf. Als sich die Aufzugtüre öffnete, stiegen sie ein und fuhren nach oben. Seine beiden Frauen kuschelten sich an ihn. Ihm wurde klar, dass er ihr Pascha geworden war. Nachdem sie die Wohnung betreten hatten, ging er direkt in die Küche zum Kühlschrank. Er nahm sich ein Bier heraus und trank es in einen Schluck leer. Er nahm sich noch ein Bier und setzte sich an den Küchentisch und stellte das Bier vor sich. Nach kurzer Zeit kam Charlotte rein. Sie war mittlerweile nackt. Sie zog ihn von seinem Stuhl hoch. Ohne Worte reichte sie im die Bierflasche, damit er noch einen Schluck nehmen sollte. Michael trank die Flasche in einem Zug leer. Wieder nahm sie seine Hand und zog in hinter sich in Richtung Bad. Jasmin stand dort, nackt nach vorne gebeugt und bereitete drei frische Handtücher vor. Die beiden Frauen fingen an, ihren Pascha auszuziehen. Er war müde. Sie halfen ihm in die Badewanne. Jasmin stellte das Wasser an. Gemeinsam seiften die beiden Frauen Michael und dann sich gegenseitig ein. Er sah, dass keine der beiden Frauen ihren Liebesring, den er ihnen heute Nachmittag bei der Liebeszeremonie angesteckt hatte, zum Duschen ausgezogen hatte. Er war stolz. Er musste den beiden wirklich sehr wichtig sein und sie sich gegenseitig auch. Jasmin umschlang Michael mit ihren Armen von hinten. Er konnte ihre riesigen Brüste auf seinem Rücken spüren, während sie mit ihren Händen langsam über seine Brust zu seinen Hoden hinunter glitt. Sie fing an, ihm die Eier zu massieren.

Charlotte, die vor ihm stand, zog mit einer Hand seinen Kopf zu sich und begann mit ihrer Zunge, ihm einen Zungenkuss zu verpassen. Gleichzeitig fing sie mit ihrer anderen Hand an, seinen noch weichen Schwanz zu masturbieren. Er spürte wie sein Schwanz in ihrer Hand hart wurde. Es dauerte keine zwei Minuten und er begann laut zu schnaufen. Sein Sperma schoss nur so aus ihm heraus. Seine Harnröhre brannte wie blöd davon. Ihm wurde schwindelig. Er hielt sich mit einer Hand an der Wand fest. Das war zu viel des guten gewesen heute Abend. Er hatte nur an sie gedacht und nicht an sich. Die Frauen hielten ihn und duschten ihn ab. Dann begannen sie sich selbst vom Schaum und der Seife abzuduschen. Jasmin stieg als erstes aus der Badewanne. Sie nahm ein Handtuch und seine beiden Musen trockneten ihn gemeinsam ab. Dann reichte Jasmin Charlotte ein weiteres Handtuch. Nachdem sie alle abgetrocknet waren, halfen sie Michael aus der Badewanne. Langsam gingen sie eng umschlungen zur großen Liege auf der Terrasse. Es war leicht kühl geworden. Sie legten ihn behutsam in die Mitte der Liege. Charlotte verschwand in Richtung Küche, während Jasmin zur überachten Couch ging und Decken holte. Charlotte kam mit einer weiteren Bierflasche für ihn zurück. Sie reichte ihm die Flasche und er nahm einen Schluck. Beide Frauen legten sich zu ihm. Sie decken ihn und sich mit den Decken zu. Er spürte, wie sich seine Mädels an ihn kuschelten. Sie klammerten jeweils ein Bein um seinen Oberschenkel, sodass er ihre glatt rasierten Schamlippen auf seiner Haut fühlte. Charlotte war schon wieder ein wenig feucht geworden. Sie war einfach unersättlich. Dies gefiel ihm sehr. Er brauchte eine Frau an seiner Seite, die immerzu nach Sex gierte. Langsam wurde ihm heiß. Dies lag sicherlich auch daran, dass die großen Brüste der beiden ihn zusätzlich auf seiner nackten Haut wärmten. Ihre Köpfe lagen angelehnt an seinen Schultern. Gemeinsam betrachteten sie so liegend den Sternenhimmel. Michael nahm einen Schluck aus der Bierflasche. Er reichte sie Charlotte, die sie auf den Boden stellte. Er breitete seine Arme aus, damit seine Frauen sich noch besser zu ihm legen konnten. Sie schauten nach oben. Allen dreien war klar, dass sie von nun an immer zusammen sein würden. Er spürte wie sich die Frauen richtig fest an ihn kuschelten. Es gefiel ihm sehr. Er merkte auch, dass die beiden Frauen sich mit den Fingern ihrer freien Hand gegenseitig festhielten. Ihre Handinnenflächen lagen dabei schützend auf seinem Schwanz. Dann schlief er zufrieden ein.

Ende